4
井上みつる
Illustration 鈴ノ
異世界転移して
教師になったが、魔女と
恐れられている件
きこもりから
みせましょう～

CONTENTS

キャラクター紹介

Characters

アオイ・コーノミナト(教員)

異世界に転移した元学校の教師で、現在はフィディック学院の上級教員。圧倒的な魔術の実力で生徒指導や授業を行い、名実ともに上級教員として認められる一方で恐がられている。

オーウェン・ミラーズ

アオイの師匠で育ての親のエルフ。孤高の魔術研究者で特に魔術具が大好き。

ブッシュミルズ皇国

フィオール・ケアン(侯爵夫人)

フェルターの母親。優しいがしたたかな一面もある。

バルヴェニー・ヴィアック(生徒)

第四皇子のハーフ獣人。天候操作の魔術研究に熱心。

ラムゼイ・ケアン(侯爵)

フェルターの父親。ブッシュミルズの番人と呼ばれており、武闘派で有名。

フェルター・ケアン(生徒)

獅子の獣人。身体強化が得意。強者と認めたアオイに師事する。

カーヴァン王国

ロレット・ブラック（公爵）
王弟でバレルの父親。貴族主義で気難しい。

バレル・ブラック（生徒）
選民思想の強い公爵家の次男ということもあり、プライドが高い。

ディーン・ストーン（生徒）
ネガティブで根暗だが、アオイの授業では魔術の飲みこみが早い。

ティス・ストーン（男爵夫人）
ディーンの母親。教育ママのような雰囲気がある。

ヴァーテッド王国

カリラ・ネヴィス（首領）
ウィンターバレーの裏社会の中心組織「ネヴィス一家」のボス。

グレン・モルト（学長）
侯爵で大魔術師としても有名なハーフエルフ。オリジナル魔術に目がない。

ストラス・クライド（教員）
風の魔術担当。寡黙で人付き合いは不器用だが、アオイやエライザと仲が良い。

ロックス・キルベガン（生徒）
第二王子で主要四属性の魔術が優秀なため傍若無人だったが、お仕置きを経て改心する。

ガイヤ（情報屋）
街の裏事情に詳しく、あらゆる情報を売っている。

ミドルトン・イニシュ・キルベガン（国王）
強面な反面、良識がある。

レア・ベリー・キルベガン（王妃）
陰で統治を支える政治力がある。

スペイサイド・オード（教員）
水の魔術担当。貴族寄りの立場。

メイプルリーフ聖皇国

クラウン・ウィンザー（宮廷魔術師）
“魔術狂い”と呼ばれる程、魔術の開発が大好き。

アラバータ・ドメク（近衛騎士団）
近衛騎士団副団長。大柄の狐の獣人。豪快な性格だが苦労人。

オルド・クェーカー・ローゼンスティール（子爵）
シェンリーの父親。貴族思想が強く頑固な所がある。

シェンリー・ルー・ローゼンスティール（生徒）
飛び級で高等部に上がるが、気弱で虐められていた犬の獣人。助けてくれたアオイを慕う。

グレノラ・ノヴァスコティア（寮長）
女子プロレスラーのような見た目で恐がられているが実は聖女。

フォア・ペルノ・ローゼズ（教員）
水の魔術担当の上級教員。アオイの授業を受け、上級教員として認める。

ハイラム・ライ・ウォーカー（生徒）
第三皇子。社交的で女子生徒にアイドル的な人気がある。

ディアジオ・レスブリッジ・カルガリー・ウォーカー（皇帝）
自国の聖女・聖人に頼り切りな状況を変えようと考え、アオイを国に招く。

グランサンズ王国

エライザ・ウッドフォード（教員）
土の魔術担当のドワーフ。魔法陣研究のためにアオイに弟子入りする。

グランツ・ハイリバー・グランサンズ（国王）
ドワーフの王。自国の製作する武具・防具に絶対の自信を持つ。

コート・ハイランド連邦国

コート・ヘッジ・バトラー（生徒）
上級貴族。誰に対しても物腰が柔らかく優秀で、女子生徒にモテる。

アイル・ヘッジ・バトラー（生徒）
コートの妹でブラコン気味。リズ、ベルと三人組で行動する活発な女の子。

アイザック・ウォルフ・バトラー（議員）
コートとアイルの父親。力のある代表議員の一人。

ベル・バークレイ（生徒）
三人組の中で妹的な存在。

リズ・スチュアート（生徒）
三人組の中で姉的な存在。

Story

メイプルリーフの**皇帝ディアジオ**から正式な許可を得たアオイは、
魔術の水準を上げるべく**聖都魔術学院の教員を指導**し始めた。
そんな矢先、シェンリーが実家からフィディック学院を
退学するよう命令を受ける。彼女の意志を尊重したいアオイは、
家庭訪問を行い**父親オルドの説得**を試みる。
侯爵のジェムから婚約の打診がきていた背景を知ったアオイは、
ジェムに直談判しディアジオの勅令も相まって、
退学を阻止することに成功した。

フィディック学院に戻るとグレンが文化祭の準備に頭を悩ませていた。
生徒にも発表の場を設けるようにしたり、
教員の発表を手伝ったりとアオイは奔走し、発表の質を上げていく。
さらには**六大国の重鎮**への対応、ティスとディーンの**緊急三者面談**、
フェルター親子の模擬戦と慌ただしかったが、
手伝いや発表を見る中でアオイは皆の成長を実感していた。
そして文化祭二日目最後、**エライザの発表**となった。
発表自体は上手くいったものの、
鍛冶に重きを置くグランサンズ王グランツから横槍が入ってしまう。
急遽エライザと対魔術に特化した武具、
防具を身に着けた近衛兵のバトルが始まるが、
成長したエライザの魔術が勝り、グランツに
グランサンズでの**魔術教育の改善を約束**させたのであった。

コート・ハイランド連邦国

他の五大国に攻めいられぬように集まり出来た複数の小国による連邦国。

大陸の中央に位置していることと、四ヵ国に面していることから交易が盛ん。

しかし、各小国の代表が意見を交わしあって政治を行っている為、迅速な対応は出来ず、指針が保守的になりやすい。

カーヴァン王国

人間至上主義であり、選民思想が最も強い国。

貴族主義であり政治思想も古いままだが、商売という面では強か。

六大国内で最も海軍に力を入れており、隣の大陸と交易を行うメイプルリーフに船の提供もしている。

メイプルリーフ聖皇国

女神が国を興したという逸話があり、大陸で最も人数の多い聖神教会が大きな権力を持っている。

その環境から癒しの魔術を学ぶ者が多く、聖人、聖女と呼ばれる最上位の癒しの魔術師を最も輩出している。

ヴァーテッド王国

歴史ある大国だが、貴族社会が根強く、亜人種への差別意識もある。

大陸の中央に位置している為、防衛費に多額の予算を割いており、国力が高い。

戦の歴史が長い分、魔術師の技量はトップクラス。

ブッシュミルズ皇国
獣人が多い為、獣人の国と揶揄されることもあるが、亜人差別を受けた者達の移住先でもある為、多種多様な種族が暮らしている。
ただ、無差別に難民が集まっている分無法者も多く、高く売れるドワーフの武具を盗む輩が定期的に現れる為、グランサンズとは良好な関係とは言いづらい。
グランサンズ王国
ドワーフ達が鍛冶を行う為に鉱山を削って作り上げた国。
世界最高レベルの武具や防具が作られている。小さいながらも魔獣の多い山や森を開拓して作り上げただけあり、天然の要塞である王都は難攻不落。
ウィンターバレー
最上級の魔術学院、フィディック学院を有する為、六大国の庇護下にあるヴァーテッド王国の特別自治領。

第一章 — 文化祭の熱狂

エライザの発表は大成功で終わった。

いや、母国の王がトラブルを起こしたりはしたが、それを含めても良い結果となった。後はそれぞれの会場で行われる発表を見て回り、文化祭の二日目が終わった。

夜、発表を終えたエライザと食事会を行う。食事会といっても、場所は寮の食堂である。

エライザの発表が上手くいったと伝えたら、グレノラが特別な食事を用意すると言ってくれたのだ。

「はいよ。これで全部だ」

そう言って、グレノラはテーブルの上に十皿ほどの料理を並べてくれた。焼き料理、揚げ料理、煮物、サンドウィッチにデザートまである。さらに温かいスープと果実酒も並んだ。

「うわぁ……っ！」

「凄いですね。豪勢です」

目の前に並べられた料理を見て、エライザと一緒に感嘆の声をあげる。元々、グレノラの料理はとても美味しい。そのグレノラが特別と言うのだから、期待するなという方が難しい。

香ばしい匂いが鼻腔をくすぐり、自然と唾を嚥下《えんか》してしまう。

「いただきます」

私が手を合わせて食事の挨拶をしている間に、エライザは料理を口に運んでいた。最初に手を伸ばしたのは焼いた鶏肉の料理のようだ。

口に含んだ途端、エライザは目を輝かせて天を仰ぐ。

「……幸せ」

そんな感想を聞き、私もグレノラも微笑ましく口の端を上げた。

さぁ、私も食べようと思った矢先、グレノラがエライザに声を掛ける。

「それにしても、エライザの口から発表が上手くいったなんて言葉が聞けるなんてね。いつも半泣きになって湿っぽい食事をしてるアンタが、随分と変わったもんだ」

グレノラが笑いながらそう告げると、エライザは照れたように頬を膨らませた。

「それは言わないでくださいよ。でも、本当に大成功だったんですから！　それに、グランサンズ国王陛下が魔術に予算を割いてくださると約束をしてくれたんですよ！　これはドワーフの国史上最大の事件です！　ドワーフの国は鍛冶にばかり目を向けてきました。魔術の使い道は武器や防具に何か効果を与える為にあるとしか思っていません。それが、今回の事件で……」

「わ、分かった分かった！　もう分かったからさっさと食べて今日は寝ろ」

興奮して早口に語りだすエライザに、グレノラの方が先にギブアップする。呆れたように肩を竦めると、エライザに食べるように伝えてこちらを見る。

「ああ、律儀に待ってたのかい。アオイも食べな」

「あ、はい。それではいただきます」

答えて食事を始める。まず、気になっていたスープを口に含んだ。途端、スパイスの香りと口の中へ広がる優しい甘み。コンソメスープにも似た味わいだが、とても奥深い。柔らかく煮込まれた野菜が食感も良くしている。

スープの次は揚げた豚肉らしき料理を口に含む。ナイフを入れると、軽やかな音を立てて刃が沈んだ。肉は柔らかく、楽に切り分けることが出来た。フォークで一口サイズに切り分けた分を口に運ぶ。

揚げたての衣と柔らかい肉を噛み切り、口の中で肉と脂の旨味が混ざり合った。甘辛い味付けだが、少しピリリとした辛みもアクセントになっている。また、何か肉にまぶしてあったのか、噛む度にカリカリとした食感も感じられた。味は決して濃いわけではないのに、肉の旨味を活かした味付けが飽きさせない美味しさを作り上げている。

「……本当に美味しいです。グレノラさんが飲食店を始めたら大成功でしょうね」

素直に感想を口にした。すると、グレノラは笑いながら私の背中を叩く。

「そりゃ嬉しい誉め言葉だね。酒を追加してやろうか？」

「い、いえ、大丈夫です」

不意を突かれて背中を叩かれてしまった為、一瞬呼吸が出来なかった。大柄なグレノラは軽くのつもりでも十分力が強い。もしかしたら戦闘になってもフェルターなどより強いのかもしれない。

そんなことを考えつつ、私はエライザとの食事会を楽しんだのだった。楽しそうなエライザに付き合って少々飲み過ぎてしまった気がするが、恐らく大丈夫だろう。

　さぁ、明日は文化祭最終日である。特に、最後の発表は私にとっても重要だ。しっかり準備をしておこう。

◇

　三日目。文化祭はこの日が最終日である。私としては、皆の発表を見たいと思っていたのだが、なんと寝坊してしまった。

　普段ならこんなことは無いのだが、昨晩は美味しい料理とお酒を楽しみ過ぎてしまったらしい。昼前までぐっすり寝てしまった。急ぎで水を被り、洗顔と寝癖直しを同時に行う。風の魔術で髪を乾かしながら、さっさと服を着替えた。

「おはようございます」

　一階に降りて食堂に行こうとすると、食堂の入口からグレノラが顔を出した。

「……まさか、今起きてきたのかい？」

　目を丸くしてそんなことを言ってくる。

「そのまさかです」

　悲しい気持ちになって答えると、呆れたような顔をされてしまった。そして、私の背後を指さしてくる。

「その子達は、アンタを待ってたんじゃないのかい？」

「え？」

言われて振り返ると、寮の出入り口の外から顔を覗かせる人影が四つあった。シェンリー、アイル、リズ、ベルの四人だ。教員の寮だから中に入れなかったのだろう。

「おはようございます」

朝の挨拶をして一礼すると、アイルが眉をハの字にして口を開いた。

「遅いですよ、アオイ先生！　早く裏庭に来てください！」

「え？　裏庭ですか？」

首を傾げると、アイルが両手を上げて猫が威嚇をするようなポーズをとる。

「初めての発表で皆不安なんですから、発表前まで練習手伝ってください！」

「もう残り一時間と少ししかありませんし、十分練習はしたと思いますよ。三十分前には会場に行きますので、食事をしてからではいけませんか？」

「ダメです！」

アイルから食事の許可が下りなかった。仕方ない。寝坊してしまった自分が悪いのだ。

「分かりました。発表が終わってから昼食をとることにします」

そう言ってグレノラに会釈をすると、腕を組んで苦笑するグレノラが顎をしゃくって早く行けと伝えてきた。厳しい世の中である。

裏庭に行くと、校舎の陰で魔術の練習をする皆の姿があった。

「詠唱の時間が違うんだ。一番遅い人に合わせろ」

「中々難しいですね。そちらに集中すると魔術自体失敗する恐れもありますから……」

ロックスが皆に指示を出すが、コートが難しい顔で唸っている。

「そ、その……反対に、発動が速い人が先に詠唱を始めて、順番に雷の魔術を披露したらどうでしょう？」

と、ディーンが口にした。普段は人の陰に隠れて目立たない少年なのに、上級生同士の話し合いに自分の意見を発したのだ。それには、コートだけではなくロックスも驚いていた。

二人が自分に目を向けていることをどう受け取ったのか、ディーンは言葉を続けることを選んだ。

「一週間、皆で同時に雷の魔術を発動しようと頑張ってきましたが、いまだに完璧に揃うことはありません。それなら、これも演出だと思って順番に魔術を披露していくほうが良い気がします……」

恐る恐るだがディーンがきちんと自分で考えた意見を口にしている。

まさにこの姿を、母親のティスに見せてやりたかった。ディーンの意外な一面を見て息子の成長を感じてくれることだろう。

感慨深く思いながら、アイル達と一緒に練習の場へ合流する。

「お疲れ様です。準備はいかがですか？」

そう言いながら顔を出すと、皆がこちらを振り向いた。そして、ロックスが腕を組んで溜め息を吐く。

「だいぶ魔術の発動が揃ってきたのだが、今しがたやり方を変えれば良いと意見を貰ったところだ。今からでは間に合わないと思うが、どう思う？」

尋ねられ、自分の顎を指でなぞって考えてみる。生徒達が一列に並び、順番に雷の魔術を発動していく。仕掛け花火のようだ。

「……良いと思います。それなら多少のズレも気になりません。もう何度も練習をしているから、誰がどれくらいで詠唱を終えるか分かるでしょう。詠唱が速い順番で並んでください」

そう告げると、皆でガヤガヤと騒ぎながら列を作った。

「おい、誰が俺より速いって？」

ロックスが苛《いら》立《だ》ち混じりに口を開くと、コートが苦笑しながら頷いた。

「申し訳ないけど、僕の方が魔術の発動は速いと思う。遠慮したいところだけど、発表の為には嘘は吐けないからね」

と、珍しくコートがロックスに対抗意識を燃やして答える。それにはロックスも顔を赤くし、今にも怒り出しそうになっていた。しかし、教員である私がいるからか、何も言わずに黙って睨むのみだった。

　ロックスは黙って腕を組み、コートの前に仁王立ちする。どうやら、魔術の詠唱が速いという部分は譲らないらしい。子供らしい強情さに苦笑しつつ、コートを見る。コートは肩を竦めて首を左右に振っていた。どうやら、これ以上争うつもりもないようだ。

　二人の関係も面白く思っていると、先頭にディーンが立った。こと雷の魔術に関しては生徒達の中でディーンが一番上手なのである。それは皆も承知していることなのか、誰も何も言わない。

「……これは、ティスさんの反応が楽しみですね」

◇

　これまでかなり練習をしてきたのだろう。大して修正すべきところも無い。一度見て、軽くアドバイスをした程度である。

　これなら、発表もとても良いものになるだろう。私は安心して、一人頷いた。

「それでは、時間もあまりないですし、私は先に会場へ向かいますね。皆さんも最後の確認をして会場へ向かってください」

　そう告げると、コートが微笑みを浮かべて口を開く。

「はい。フィディック学院の文化祭で発表出来る機会など、中々ありませんからね。良い思い出になるように、力を出し切りたいと思います」

コートは余裕のある表情でそう言った。程よい緊張感が感じられて頼もしく見える。エライザよりも余程度胸があるようだ。

苦笑しつつ相槌を返していると、ロックスが口をへの字にして一歩前に出てきた。

「……教え子の晴れ舞台だ。しっかり見ていてくれよ」

「勿論です。応援していますよ」

意外と素直な申し出をしてくるロックスに、思わず笑いながら返事をした。高校生くらいになると親や兄弟に恥ずかしいから学校に来るなと言う生徒も多かったが、この世界ではそういった感覚は一般的ではないのだろうか。

少しほっこりしながら、私は一足先に会場へと向かうのだった。

◇

到着して早々、冷や汗が額から流れる。

これは予想外の事態だ。魔術がいくら上手かろうと、解決など出来る気がしない問題である。

私は茫然自失としたまま会場を見回した。

会場には、本当に数えるほどしか人がいなかったのである。

「……なぜ、こんな時に限って人がいないのでしょう？」

発表まで残り一時間程度か。普通なら、我先にと観覧する場所を取り合うような状況になっているはずだ。上級教員の発表ならば、そうなっていた。

やはり、生徒の発表だからということか。

「……困りました。みんな凄く張り切っていたのに……」

人を集めるにはどうしたら良いのか。

声を掛けて回ってももう遅いだろう。かといって、派手な魔術を先に披露して人を集めるのもおかしい。もしかしたら、ほかの会場で何かやっているのかもしれない。

「どうすれば……」

このままでは生徒達が悲しむ。そう思って焦っていると、視界の端に見知った人影を発見した。

野性的な雰囲気のある長身の女性。ネヴィス一家のボス、カリラだ。カリラは若い男を四人ほど引き連れて、屋台の様子や歩く人々の顔などを見ている。

「カリラさん！」

藁にも縋《すが》る思いで、カリラの名を呼んだ。するとカリラはかなり離れているにも拘わらず、ビクリと肩を震わせて勢いよく振り返った。驚きに満ちた顔で、私を見て口を開く。

「な、なな、なんだ、いきなり……何か用か？」

一歩後退《あとずさ》りながらカリラが聞き返してきたので、私は一瞬で距離を潰して目の前に移動した。

「うわっ!?」

驚愕するカリラの肩を掴み、至近距離で必死に頼みごとをする。

「カリラさん！　人を集めてください！　おそらく、生徒達の発表だからとあまり期待されていないんだと思います……なにか、この会場で面白い発表があるとか噂でもしてもらえたら……」

「わ、分かった！　ちょっと落ち着け！　俺が何とかする！」

「本当ですか？」

「ほ、本当だ。すぐに行動する。だから、その手を放せ」

カリラは何故か必死に私の手から逃れようともがく。

「すみません。痛かったですか？」

「……肩が千切れるかと思った」

責めるような目でこちらを見てそう呟くと、カリラは軽く肩を回して周りに立つ男達を振り返る。

「お前ら、手の空いてる奴らを総動員してこの会場の噂話を流してこい。単純に、すげぇ発表があるらしいって話をするだけで良いぞ」

カリラがそう告げると、男達は元気よく返事をして散り散りに走っていった。別にどこに行けとかも口にしていないのに、まるであらかじめ決められた道順でもあるかのように迷いなく動き出している。

不思議に思っていると、カリラはこちらを見て片方の眉を上げた。器用なことだ。

「……気になるか？　他の会場で何をやっているか調べても良いが」

そう聞かれて、思わず驚く。今思っていたことは別のことだったのだが、つい先ほど同じようなことを思っていたので、あえてカリラの提案に頷いておいた。

「はい、お願いします。確かに気になっていました。普通なら、この時間帯の発表で会場に人がいないなんてことはありませんから」

そう告げると、カリラはニヤリと笑みを浮かべた。

「任せな。ああ、俺が直接調べるわけじゃないぞ？　ガイヤに頼むからな」

「ガイヤさんですか？　でも、情報屋さんとのことですから、費用が掛かるでしょう？」

「大した額じゃない。特に今のネヴィス一家ならね」

不敵に笑ってカリラはそう言った。だが、すぐに表情を変えてばつが悪そうに後頭部を片手で掻いた。

「……まぁ、あんたのお陰だがね」

◇

「おうおう！　聞いたか!?」

「なんだ、兄弟!?」

「あの学院の魔女の愛弟子が発表するらしいぜ！」

「マジかよ!?　そりゃ見るしかねぇな！」

そんなわざとらしいにも程がある叫び声が、いたるところで聞こえてきた。

「さっき、次の発表の準備が見えたんだけどよ。ありゃすげぇぞ」

「何を見たんだ？」

「そりゃあ言えないな。だが、発表を見て損はない。それだけは言えるぜ」

四方八方から聞こえてくる大袈裟な噂話と、それに驚いたり胡散臭そうにしたりしている人々を横目に見て、カリラを見る。

「……ちょっと、やり過ぎではありませんか？」

そう尋ねてみるが、カリラは鼻で笑って首を左右に振った。

「これくらいがちょうど良いのさ。結局、大衆ってのは分かりやすさが一番だからな。賭博でもそうだが、あの店は馬鹿みたいに金払いが良いって話が出れば博徒は勝手に集まってくる。あの食い物屋は肉をいくら食べても値段が一緒だと言えば腹減った奴は皆集まってくるもんだ。ならば、このフィディック学院で人を集めるには、なんと言えば良い？」

「……凄い魔術や、新しい魔術を見ることが出来るぞ、といったところでしょうか」

「その通り」

私の回答を聞いて、カリラは満足そうに首肯する。

なるほど。そう思うと、商品や映画のキャッチコピーは大袈裟なものが多かったように思う。全米が泣いたという触れ込みの映画や、五十年に一度の出来というワインなどは誰もが見たり聞いたりしたことがあると思う。

非合法ながらもカリラはずっと客商売をやってきたから、そういった部分の機微にも長けているのだろうか。

「分かりました。カリラさんを信じて待ちましょう」

そう言うと、カリラは目を丸くして瞬かせた。

「……自分で言うのも悲しいが、アンタがそんな態度を俺にとるなんてね」

「どういう意味でしょう?」

良く分からない呟きに、思わず聞き返す。しかし、カリラは肩を竦めて答えなかった。

そこへ、カリラの部下が一人こちらに向けて走ってくる。筋骨隆々の髭面の男だ。背が高いわけではないが、その分厚い体と風貌が男を随分と大きく見せている。その男の後方には、細身の背の高い男が付いてきていた。

「姉御！」

「おう、見つけたか」

筋骨隆々の男が見た目通りのドスの利いた声でカリラを呼ぶと、片手を挙げてカリラが答える。

そして、後ろに付いてきていた細身の男がこちらを見た。

「今、面白い情報を仕入れている最中だったんだがな……」

細身で背の高い男、ガイヤが不満そうにそう口にすると、カリラは大きな声で笑う。

「ははっ！　そりゃ悪かった。だが、こっちも急ぎの用事でな」

「……なんの用事だ？」

カリラの言葉に、ガイヤはすぐに気持ちを切り替える。話を聞く姿勢を作り、カリラと私の顔を順番に見た。

カリラはそれを満足そうに見て、振り返らずに私を指し示す。

「依頼者はこっちだよ」

そう話を振られ、ガイヤに首肯をして口を開いた。

「はい。実は、午後最初の発表は一か所でしか行わないはずなのですが、全然人が来ていないのです。こんなことは二日目まで無かったことなので、どうしてなのかと気になりまして……生徒達の発表ですし、出来るだけ多くの人に見に来てもらいたいのですが……」

依頼というより、困ったことを相談するみたいな言い方になってしまった。しかし、ガイヤは気にした素振りもなく、顎に片手をあてて唸る。

「……なるほど。それならもう理由は分かるが、まだ裏側までは探れていないな。片方の側面からしか見られていない不確かな情報で良かったら提供するが……」

「それで充分です。分かる範囲で良いので教えてください」

微妙に乗り気じゃないガイヤに情報提供をお願いすると、軽く溜め息を吐いてこちらを見た。

「中途半端な情報を流すのは好みじゃないが、依頼者の頼みじゃ仕方が無い……どうやら、グランサンズ王国の王が、この国の王に頼んで会場の使用許可をもらったらしい。そこに金銭か単純な貸し借りが発生しているのかは分からないが、とりあえずグランサンズ王は会場が空いている間の使用許可を得た」

「ロックス君のお父さんが……どうして、そんな許可を出したのでしょう」

「お父さんって……いや、間違いじゃないけどよ」

私の呟きに何故かカリラが反応する。呆れたようにそう言われたが、間違ったことは言っていないはずだ。

「恐らく、ドワーフの武具などを条件に会場を貸し出したんだろう。とはいえ、グランサンズ王も随分と商売上手だな。その元を取ろうとでもしてるのか、集客から販売まできっちりやってるぞ」

「販売？」

聞き返すと、ガイヤが肩を竦めて鼻を鳴らした。

「派手にドワーフの武器や防具を売り出してるってことさ。普段、一般人はドワーフの武具なんて目にすることがないからな。魔術学院内であっても随分と人が集まってたぜ」

◇

ガイヤの情報が気になったので、急ぎで様子を見に行くことにしてみる。どうやら、グランサンズ王グランツは正門近くの会場にいるらしい。

飛翔魔術で一分も掛からずに現場を見に行くと、そこには地上に降りる場所に困るほどの人だかりが出来ていた。会場には何かステージのようなものが設けられており、その上には十人ばかりのドワーフ達が並んで何かしている。

仕方ないので空から様子を見ていると、なんとグランツ本人もステージ上に立っていることに気が付いた。

「さぁさぁ！　次はこいつだ！　見てみな、この見事な刃！　更に、細やかな装飾が施された柄と鞘！　飾っておくだけでも十分に価値があるのが分かるだろう！　だが、こいつの真価はそれじゃない！」

一人のドワーフがそう告げると、もう一人のドワーフが頷いて前に出てきた。

「一流のドワーフの鍛冶師になるには火の魔術が必須だ！　俺の魔術は鉄だろうがミスリルだろうが水みてぇに溶かす炉の種火を灯すことが出来る！」

そんな前置きをして、ドワーフは長々とした詠唱の後に炎の球を生み出した。大した大きさではないが、見ている者達は歓声を上げている。相当な熱量であると感じているのだろうか。

しかし、先ほどの話を聞いている限り、凄い炉ではあれど魔術が凄いわけではなさそうだった。

半信半疑で見ていると、炎を生み出したドワーフが剣を手にしたドワーフに振り返った。

「今からあいつを攻撃する！　下手をすれば炎が剣もあいつも溶かしちまうかもしれねぇ！　皆、気を抜かずに見てやってくれよ！」

と、危険なことをするんだぞ、という宣言がされる。観客は素直に緊張し、炎をぶつけられるかもしれない相手の安否を心配していた。

そして、炎の球は放たれる。

「いくぞぉおお！」

怒鳴り声と共に、炎の球は男の持つ剣に向かって撃ちだされた。赤い光を伴って、炎は剣を持つドワーフに迫る。

「ぬん！」

男らしい気勢を発し、ドワーフは剣を上から下に向けて勢いよく振り下ろした。すると、炎の球は真っ二つに切り裂かれて散り散りになって消える。

観客はそれを見て大きな歓声を上げた。

「……へぇ」

無意識に、私も感心してしまう。魔術を盾で防ぐというのは見たことがあるが、剣で切り裂くというのは初めてである。自分で同じことを再現することも出来るが、私が行う内容とは意味合いが違いそうだ。

少し、あの剣に興味が湧いた。

「……って、いけない。今はそれどころじゃないですね」

思わず新しい道具に心を奪われかけてしまった。自分で自分を律しつつ、私はどうやってこの実演販売を止めるか考えることにする。

「グランツさんも、きちんと許可をもらって販売しているのなら文句を言うわけにもいきませんし……ん？」

どうしたものかと悩んでいると、グランツが前に出てきた。

「陛下！　こちらの剣も、相当に好評なようです！　どうか、ドワーフの力を知らしめる為にも、売買することをお許しください！」

わざとらしく、魔術を放ったドワーフが皆の前でグランツに陳情した。すると、グランツも困った困ったと表情で語る。

「……ドワーフの鍛冶師が優れていると知ってもらうのは良いことだ。しかし、この剣は小国ならば国宝として扱われても良いほどの力を有しておる。簡単に売るわけにもいくまい」

と、剣の売買を渋りだした。それには観客達も不満そうな声を出す。

この世界に来て、王侯貴族を相手にそんな態度を示す者は中々いなかったが、どうやらこれまでの実演販売で相当砕けた雰囲気を作ってきたらしい。

皆が不満そうな声を出したのを確認してから、ドワーフの一人が床に膝を突いて頭を下げる。

「陛下！　民の期待に応えることが出来るのは名君の証！　ここは、陛下の広い御心を皆に知ってもらいましょうぞ！」

「む、むむむ……」

臣下の必死の陳情に、グランツが腕を組んで悩む。すると、観客達が目を輝かせて「陛下！」と口々に叫んだ。

「わ、分かった分かった！　販売を認めよう！」

ついに折れた。そんな態度でグランツが剣の販売を認める。それに合わせてドワーフ達も観客達も大きな歓声を上げた。

「では、陛下！　大金貨十枚でよろしいですな！」

「な、なに!?　そんな金額で……あぁ、もう良い！　好きにするが良い！」

畳みかけるようにドワーフの一人が値段を確認すると、グランツは慌てたような姿を見せたが、すぐにそっぽを向いて了承する。途端、観客の一人が手を挙げて「買った！」と叫んだ。その事実に観客達が驚愕した。

大金貨十枚といえば、商人の年収も優に超える大金である。手を挙げた者は貴族か大きな商会の長といった富豪なのか。そんな憶測が方々から上がる。

その時、会場の別の場所で手が幾つか挙がった。

「か、買うぞ！」

「私だ！　私が買おう！」

慌てた様子で幾つか注文の声が上がる。その内一人は明らかに貴族らしき男だった。何人かが同時に名乗りを上げた状況を見て、魔術を行使したドワーフはそっと笑みを浮かべた。

「なんと、こんなに希望者が！　しかし、この剣は最強の剣士が使えば切れぬものは無いという代物……数はこの一振りしかない。どうしたものか……」

天を仰いで悩むドワーフに、貴族らしき男は片手を挙げた。

「倍だ！　倍の値段で買う！」

その言葉に、他の購入希望者も口を噤《つぐ》んでしまう。大金貨二十枚。信じられない大金である。

だが、私は金額よりもその性能に興味が湧いた。

「ちょっと失礼いたします」

声を掛けてから、ステージの上に降り立つ。皆の視線がこちらに集まるのを感じながら、グランツに頭を下げた。

「その剣が、どんなものでも切り裂くと聞きました。是非、それを見てみたいと……」

私がそう言って顔を上げると、引き攣った顔のグランツと目が合った。

◇

「こ、これはこれはアオイ殿！　この学院一番の教員である貴女が、何故ここに？」

「発表をしていない会場に人だかりが出来ていたので、何事かと思いまして……それよりも、その剣についてです」

両手を広げて歓迎してくれたグランツには申し訳ないが、私の興味は全て剣に向けられている。

「その剣は何でも切れると聞きました。そこに魔術具としても可能性を感じています。良かったら、私の魔術でも試して良いでしょうか？」

「え？」

「……独鈷杵《ヴァジユラ》」

魔術を行使すると、私の目の前に大きな石の像が現れた。

上半身だけが浮いた筋骨隆々の迫力のある像だ。単純な物理的攻撃力ならば、最上級の魔術である。

「この魔術で攻撃するので、それを切り裂いてもらっても……」

期待を込めてそう言ったのだが、グランツは啞然とした顔で高さ十メートルほどの像を見上げ、固まった。周りを見たら、集まっていた観客達も似たような顔をしている。

てっきり、剣の切れ味が見られると喜ばれると思ったのだが、どちらかというと空気が沈んでしまったかのような錯覚を受ける。

首を傾げつつ周りを見ていると、グランツが引き攣った笑みを浮かべて剣を指さした。

「お、おお。流石《さすが》はアオイ殿。凄い魔術だ……しかし、残念ながら今日はこの剣の力を引き出せる最上級の剣士がおらんのだ。ま、またの機会にしてもらえるだろうか」

若干怯《おび》えたようにそんな説明をすると、グランツは乾いた笑い声をあげた。

「そうですか……それは残念です」

ドワーフの武器。何度も噂は聞いてきたが、実際に目にしたことは無い。魔術具の素材には拘ってきたつもりだが、製法はどうしても独自の物しか作ったことがなかった。それこそ、ドワーフの鍛冶師が協力してくれたなら魔術具の効果にも良い影響を与える可能性があると感じている。

仕方なく他のドワーフが持つ武器や盾などを見ていると、グランツは咳払いをして剣を鞘にしまい込んだ。

そして、芝居がかった態度で両手を広げて笑みを浮かべる。

「……いや、まったく見事な魔術だった。グレン学長をも凌ぐ最高の魔術師だという噂も嘘ではなかろう。若くしてそれほどの魔術知識、技量を備えることは努力だけでは到底不可能だ。恐らく、歴史上でも数えるほどしかおらぬ才能の持ち主であろうと思っておる」

グランツがそう告げると、広場で感嘆の声が上がった。それを一瞥してから、グランツは片方の手を自らの胸に、そしてもう片方の手を私に向けて口を開く。

「その素晴らしい才能と力に敬意を表して、グランサンズの王たるわしから頼みがある……聞いてもらえるだろうか」

「なんでしょう？」

よく分からないが、何かお願いごとがあるらしい。ひとまず、内容を聞いて考えようと思い、聞き返す。

すると、グランツはその場で腰を落として片膝を突き、私を見上げた。

それが何か分からないが、舞台上のドワーフ達が「おお……」「なんと……っ」などと驚きの声を上げている。

それに反応してか、グランツはニヒルな笑みを深めて目を細めた。

「……突然だが、アオイ殿。わしと鉄を打たないか？」

グランツがそう口にした瞬間、ドワーフ達が「馬鹿な!?」「まさか、人間と……」などと大騒ぎしている。

「鉄を？」

一方、私はグランツの要望の意味が分からず、首を傾げることしか出来なかった。

ドワーフ達が人間に依頼することが予想外だと騒いでいるところを見ると、恐らくドワーフでしか耐えられない温度や作業内容の鍛冶なのだろう。

だが、私は鍛冶をしたことも無く、知識も不確かである。

「申し訳ありませんが、ご希望に添うことは出来そうにありません」

丁寧にお断りさせていただこう。そう思って告げたのだが、場の空気が固まった。

王の頼みを断ったからか、ドワーフ達は目と口を皿のようにまん丸にして石像のように固まってしまっている。

更に、グランツ自身も先ほどの笑みが嘘のような表情となってしまっている。眉をハの字にして愕然とした顔でこちらを見上げているが、まさか本気で一緒に鍛冶をしたかったのか。

と、そんなことよりも、生徒達の発表の時間が差し迫っているではないか。グランツ達は動かなくなったので、放置するしかあるまい。

「……い、いや、アオイ殿？　その、王はですな……」

近くにいたドワーフの一人が何か言いかかったが、そちらに目を向けるとウッと口を噤んだ。何か言いたいことがあるのかもしれないが、時間が差し迫っている。申し訳ないがあまり相手をしている時間もない。

「グランツ様。もう戻らないといけないので失礼しますね？」

一応声だけかけてみたが、雨に濡れた子犬のような目でこちらを見上げてきただけだった。どうやらこれ以上用事はないらしい。

「……あ、それでは、告知だけして帰りますね」

もう大丈夫だろう。そう思って私は会場に集まる人々へと振り返る。

「皆様、これから中央広場で生徒達の発表を行います。内容はこれまでになかった新しい魔術のお披露目です。生徒達の発表とは思えない素晴らしい出来なので、是非とも会場まで足を運んでみてください」

生徒達の発表の宣伝をして、深く一礼した。

そして、すぐに飛翔の魔術を使って空へと舞い上がる。

「と、飛んだぞ！」

「そういえば、さっきも空から降って来たような……」

ざわざわと騒がしくなった地上に会釈をして、一足先に会場へと向かった。


皆が一様に空を見上げているからだろうか。行きは誰にも見つからなかったように思うのだが、戻る時は何度も悲鳴や驚きの声が響いてきた。

どうしてだろうと思って周りを見ると、私の少し後方を先ほど出した独鈷杵《ヴァジュラ》が無言で付いてきていた。土の魔術の一種なのだが、知らぬ人が見れば間違いなく新種の魔獣かと疑うだろう。

「忘れていました」

そう呟いて独鈷杵《ヴァジュラ》を消し去ると、すぐに地上へと降りていく。学院内は広い広いと言っても所詮は街の中の施設の一つだ。飛翔魔術ならばすぐに端から端へと辿り着く。

「さぁ、先ほどの人達が急ぎで来てくれれば、恐らく開始前には辿り着くと思うのですが……」

呟きつつ地上に降り立つと、先ほどと景色が変わっていることに気が付いた。先ほどとは打って変わって人で賑わっているのだ。それも生徒達の親が近衛兵を連れて集まっているなどではなく、まさに雑多な人々の集まりである。

「……これは、どうしたことでしょう？　僅か数分で、いったい何が……？」

困惑しつつ周囲を見ていると、カリラが不敵な笑みを浮かべて歩いてきた。

「凄いだろ。やっぱ噂は大袈裟なくらいじゃなきゃな。これで発表は大成功だろう？」

得意げにそう言われて、素直に凄いと感心する。

人々がどう反応するか、どう行動するかを予測して、実践してみせたということか。

カリラにそんな技能があったとは……。

「ありがとうございます。カリラさんも発表を是非見ていってくださいね」

ホッとしながらそう言うと、カリラは目を丸くして曖昧に頷いた。

「あ、ああ。そうさせてもらうよ」

何故か戸惑うカリラに首を傾げつつ、すぐに会場の広場へと向かう。

丁度そのタイミングで、生徒達も広場に出てきた。

「うわぁ、人がいっぱい！」

「本当ね」

アイルが感嘆の声を上げて、ベルが同意する。リズは珍しくカチカチと凍り付いたように顔を強張らせていた。

「……き、緊張しますぅ……」

「わ、私も……」

リズが震える両手を合わせてアワアワしていると、シェンリーも同様に不安そうな顔を見せる。とはいえ、シェンリーの方が緊張の度合いは小さそうだ。

一方、まだ対抗意識を見せているロックスとコートの二人はお互いを意識しつつ、会場の状況を冷静に眺めていた。流石は上級生といったところだろうか。

他の子達も大体はそれに大別される状態である。

そして、最後にディーン・ストーンだ。意外にも、ディーンは既に自分の内側に意識を集中しており、生徒や観客にも余計な気は散らしていない様子だった。

もしかしたら、この子は大一番でしっかり集中できるアスリート気質なのかもしれない。そういった人物は勝負に強く、重要な場面で結果を出せることが多い印象だ。

「……なにも心配する必要はありませんでしたね」

一言そう呟いて、会場の方へ目を向ける。

会場には既にロックスの両親も、コートとアイルの父も、シェンリーの父の姿もあった。そして、緊張した面持ちのティスの姿もある。

「さぁ、たっぷりと驚いてもらいましょう。生徒達の成長した姿に」

第二章　生徒達の発表

生徒達の発表寸前、他の会場に行っていた人達も集まって来た。グランサンズ王の実演販売の場にいた者達の顔もあるようだ。

大々的な集客活動によって、気が付けばこれまでで一番多くの人が集まった気がする。結果に満足して、私も会場の端へと移動した。

カリラ達の姿は見えないが、恐らく目立たない場所から見ていることだろう。

【SIDE:ティス】

最初はそうでもなかったのに、気が付けば広場は驚くほどの人だかりとなっていた。

遠目にも王族や上級貴族らしき人物がいると分かるが、そういった人物も他の見学者と同じく会場の前に並んで立っている。

「……不思議な町……いえ、不思議な学院ですね。普通なら、王族や上級貴族には席を設け、その前で発表を行うのが常識でしょうが……」

確か、この学院の長であるグレン学長は侯爵位を受けていたはずだ。貴族の世界に疎いわけでもないはずなのに、問題は起きないのだろうか。

「……この学院で育って、貴族としての常識は身に付くのでしょうか」

魔術以外の部分で不安が芽生えてしまった。

元々の性格のせいか、何でも悪く考えてしまう。ストーン男爵家の先行きが不透明なことが原因なのかもしれない。

結局、夫である現当主ではストーン家は存在感を発揮することが出来そうになかった。

情けないことだが、一番の希望は息子のディーンである。

魔術師として大成してくれたなら、ストーン家はしばらく安泰となることだろう。それを裏付けるように、ディーンがフィディック学院に入学することが出来てから他の男爵家や子爵家から舞踏会等に招待されるようになった。今のうちに顔つなぎしておいて、ディーンが宮廷魔術師になった時に備えているのだろう。

カーヴァン王国ではそう簡単に爵位が上がることは無い。

しかし、血統を重んじるだけに、公爵や侯爵の子が大人になれば子爵以上にはなってしまう。

つまり、男爵程度でゆったり構えていると、いつ爵位を剝奪されるか分からないのだ。

王国の財も土地も有限である以上仕方が無い。だからこそ、子爵以下の家は必死に功績を挙げようと走り回っているのである。

だが、当主は結果を出せなかった。

そんな状況で、ディーンがフィディック学院に入学出来たことは大変な僥倖だった。

カーヴァン王国内の魔術学院に入学する子はいくらでもいるが、フィディック学院に入れた子は年に何人もいない。

他の貴族だけでなく、王国としてもディーンへの期待は高くなる。つまり、ストーン家が男爵でいられる期間が延びた、という意味でもある。

後は、ディーンが魔術師としての実力を備えてくれたなら……。

祈るように、私は会場の奥で準備をしているディーンの姿を目で追った。


やがて、生徒達が一列に並び、こちらに向き直る。その空気から、少し騒がしかった広場が静まり返った。

その状態を確認するように細身の男子生徒が見渡し、口を開く。

「……皆さま、お集まりいただきありがとうございます。コート・ヘッジ・バトラーと申します。今回はアオイ先生の魔術概論を受講している生徒達合同での発表となります。魔術師であっても魔術師でなくても興味深く見られる発表と思いますので、是非とも最後までご覧ください」

コートが発表の挨拶をすると、拍手が少しずつ起き始める。

それに優雅な一礼をし、コートは一歩下がった。まさに、貴族然とした堂々とした態度と優雅な立ち振る舞いである。

密かに、私の心の内に嫉妬の炎が宿るのを感じた。

彼は、確かコート・ハイランド連邦国の重鎮の子だったはずだ。生まれながらに揺るぎない地位と財を得て、最高の教育を施されて育ったのだろう。

うちの子とは違い、本物の上級貴族の子だ。その自信に満ちた姿を見ると、まるで自分達が地を泥だらけになって這う鼠にでもなったような気分になる。

どんどん暗く、落ち込んでいく気分を自覚しながら、私は会場を見続けた。

「これは新しい魔術であり、この学院でもアオイ先生以外に使うことの出来ない魔術である。残念ながら、その魔術の最も優れた使い手にはなれなかったが、数少ない一人にはなれたことを幸運に思う。それでは、始めよう」

最後に、この国の王子であるロックスが発表の開始を宣言した。これも、まるで生徒とは思えない威風堂々とした態度である。王子という恵まれた環境がそうさせるのか、それともあれこそが王族の素質というものか。眩しく映るほど雄々しい。

だが、あれだけ自信に溢れたロックスでも一番ではなかったのか。それならば、やはり一番の使い手は先ほどのコートだったのか。

そんなことを思っていると、頭一つ分以上小柄な男の子が前に出てきた。

ディーンだ。

驚いて声にならない声を発していると、ディーンは今まで見たことがないような真剣な顔で口を開いた。

「……電気というものを、皆さんはご存じでしょうか。電気は様々なものに含まれております。しかし、水の魔術で生成する水には含まれておりません。この水に風の魔術を加えて、空気中の塵芥を混ぜ込みながら激しい回転を加えることで、電気を発生させることが出来ます。僕個人の感覚にはなってしまいますが、この水の回転体の中では小さな物と物がぶつかり合い、電気を作り出していると思っています。この電気を内側に内側に集めていくと、雷鳴を発する雷へとなります……それが雷の魔術です」

ディーンがそう口にしてから魔術の詠唱を開始すると、皆が一斉に魔術の詠唱を始める。

そして、一番にディーンの詠唱が完了した。

「……雷　玉《エレクトリックボール》」

【SIDE：ミドルトン】

魔術の解説をする少年を見やり、私は近くの者に対して口を開いた。

「……あの少年は誰だったか」

「は……どうやら、あの少年はカーヴァン王国のストーン男爵家の子息のようです」

「カーヴァン王国……」

近衛兵の言葉を復唱し、発表へと意識を向け直す。

発表前の最後の言葉を口にしたからには、あの少年はこの発表の鍵となる人物であろう。

だが、あまり名を聞いたことはなかった。

「さて、どのような発表になるか」

面白い物が見られるだろうな。

そう思って顎に手を当て、笑みを隠す。

「……雷　玉《エレクトリックボール》」

ディーンがそう呟き、魔術を発動した。

直後、ディーンの手の前に小さな水球が現れる。その水の球はどうやら激しく回転しながら膨らんでいるらしい。僅かな間でどんどん大きくなっていった。

そして、気が付けば紫色の光の筋が一つ二つと奔る。

周りから驚きの声が聞こえてきたが、私の意識は縫い留められたようにその紫電に向けられていた。

弾けるような音がここまで聞こえてくる。そして、ディーンの手元の水球は既に人の頭ほどになっており、紫電が絶え間なく明滅を繰り返していた。

「……雷　玉《エレクトリックボール》」

ディーンの魔術に目を奪われている内に、傍に立つロックスとコートも魔術の詠唱を完了していた。

すぐにディーンの時と同じように水球が現れるが、先ほどよりもゆっくりと大きくなっている。

誰が見ても明らかなほど、ディーンの魔術は速かった。

二人の水球が僅かに紫色の光を発しだした頃、周囲の他の生徒達も雷の魔術の詠唱が完了し始めた。

順番に、順番に魔術が形になっていき、最後には会場が紫色の明滅に包まれる。

「お、おお……これは想像以上の成果だ」

アオイという異端の魔術師がフィディック学院に新しい風を吹き込むとは思っていた。

だが、まさか短期間でこれほどの結果を見せるとは思っていなかった。

まさか、全員が新しい魔術を発現してみせるとは……。

「……一年、二年先はどうなっているか。あの場にいる生徒達に我が国へ仕官する気がないか聞いてみても良いな。特に、あのディーンとかいう少年だ」

「先に声掛けをしておくということですね。カーヴァン王国からは公爵が来ていますから、話はしやすいでしょう」

レアが微笑みながらそう答えた。

確かに……もし要職についていない貴族であれば、我が国への仕官も考えられるだろう。

とはいえ、騎士爵でもない限り普通は血の繋がりが一国へとその家を縛り付ける。

殆どの貴族が親戚縁者を庇護下におき、陞爵《しょうしゃく》したら子息や兄弟を貴族にするべく功績を挙げるものだ。これらの関係から、要職についておらず、領地も無い貴族であっても、中々別の国へ移ることなど出来ない。

だが、爵位が低ければ声を掛ける価値はある。上手くいけば我が国に引き込むことも可能だろう。

「……まぁ、ダメ元でやってみるとするか」

そう呟き、私は一人口の端を上げた。

【SIDE：アイザック】

我が息子ながら堂々とした態度だった。

自国の者だけでなく、他国の貴族からも良く出来た子だと評されるが、お世辞抜きでそれには同意するしかなかった。

コートは、幼少時から周りを良く見る子だった。ただ観察しているだけではなく、意味が分かるまでしっかりと見続け、やがて自分の物にしてしまうのだ。

それは貴族の所作や考え方、礼儀作法などでもそうだが、剣術や魔術においてもそうだった。

特に、優れた教師を付けた時は恐ろしいほどの勢いで成長をしていたように思う。

見て、聞いて、実践する。

そこに教師の的確な助言が加われば、常人の数倍の勢いで知識を吸収してみせた。

フィディック学院に入学したのは当然だと思っていたし、世界最高峰の魔術学院の中にあって特に優れた成績を修めていると聞いた時も違和感など無かった。

我が子は天才に違いない。アイルも覚えは良い方だと思うが、素質という点ではコートには及ばないだろう。

それが私の中のコートへの評価だ。

だから、発表が始まって最初にコートが挨拶を述べた時、アオイの教え子の中でもやはりコートが一番だったのかと思った。

ロックスやフェルター、ハイラムといった各国要人の子らも高い能力を噂されているが、歳は違う。我が子が同じ年齢になった時はそれを凌ぐことだろう。

内心、そんなことを思いながら会場を見ていたのだが、コートの挨拶はロックスに引き継がれてしまった。

そして、最後には見知らぬ少年が前に出て、これから行う魔術の詳しい説明を述べることになる。

これは、まさかあの少年が最も高い技能を有しているのだろうか。

いや、ロックスならばともかく、あの年齢の少年にコートが負けるはずが……。

困惑しながら、少年の魔術の詠唱を眺める。

思ったより、詠唱は早く完了した。

アオイが直接教えたというだけに、魔術の説明はとんでもないレベルのものだったが、まさか生徒にそこまでの魔術は使えないだろう。

そんな私の予想は一瞬で覆された。

目の前で、激しく明滅する紫色の雷。まさか本当にと思う間も無く、どんどん大きくなっていく。

その光景に驚愕していると、コートとロックスがいつの間にか魔術の詠唱を終えていた。

二人の魔術も徐々に大きくなりはするが、あの少年ほど勢い良く成長はしていない。

そして、順番に魔術を行使し始めている他の生徒達も同様だ。

どうやら、この雷の魔術に関してはあの少年が一歩も二歩も先をいっているらしい。

やがて会場が激しい雷の魔術の光に包まれていくと、最初に魔術を発動した少年が途中で魔術を中断してしまった。

会場の中心以外はまだ雷の魔術で激しく明滅を繰り返している。そんな中、少年は新たな魔術の詠唱を開始したのだった。

【SIDE：ティス】

会場が驚きのあまり静まり返ってしまった。

そして、全員が雷の魔術を発動した頃、ようやく驚きや感動の歓声が聞こえ始める。

あの、大人しいディーンが、あんなに堂々と会場の中心で魔術を披露している。

それも、誰もが驚くような凄い魔術を、だ。

その姿を見るだけで、人前だというのに涙が出そうになる。

「ディーン……」

私は聞こえるはずもないのに、拳を握り締めて我が子の名を呼んだ。

ストーン家を盛り上げることも、貴族間の派閥で顔と名を売ることも、今は全てがどうでも良い。

我が子が、ディーンが、あんなに堂々と人々の喝采を受けながら、魔術を披露している。

それが何よりも誇らしく、嬉しかった。

頬を濡らす涙に気が付いたが、それを拭うことも忘れて我が子の発表を見つめ続ける。

そんな時、ディーンだけが魔術を中断してしまった。どうしたのだろう。何か、問題が生じてしまったのだろうか。

途端に不安になり、自分の悪い癖が出そうになる。

ハラハラしながら、私はディーンの姿を祈るように見つめていた。

すると、ディーンはそんな私を勇気付けるように冷静な表情で軽く深呼吸をし、再度詠唱を開始した。また、魔術を見せてくれるのだろうか。

そう思って眺めていると、先ほどよりも長い詠唱であることに気が付く。その間に、他の生徒達も魔術を中断していき、やがて会場は元の景色を取り戻していた。

これから何が起きるのか。皆が、そう思ってディーンの姿に目を向けたのを感じる。

会場が静寂に包まれる中、ディーンの詠唱が終わりを告げた。

「……稲光《ライトニング》！」

ディーンが魔術名を叫びながら右腕を天に向ける。直後、拳ほどの小さな水球が現れ、みるみる間に大きく成長し、激しく明滅を始めた。

そして、水球は一瞬暗くなり、次の瞬間、空に向かって激しい光の帯を放った。

お腹に響くような低い音と何かが破裂するような衝撃音が同時に響き渡り、空に雷が奔る。

手足がピリピリと痛むのは、僅かに雷を体に受けてしまったということだろうか。

周りを見ると、多くの人が腰を抜かして地面に座り込んでいた。立っている人も多いが、揃って茫然と空を見上げている。

数秒もの間、会場は魔術の余韻を嚙み締めるように静かなままだった。

だが、やがて一人二人と視線をディーン達に戻し、大きな拍手が巻き起こり始める。

それは生徒達の発表の成功を示していると同時に、ディーンにとって大きな転機を知らせる鐘のようなものであっただろう。

私は溢れる涙をそのままに、手が痛くなるほどの拍手を送っていた。

【SIDE：アオイ】

「……緊張したね」

「うん。でも、楽しかったよ」

「あ！　今は触らないで！　絶対にビリッてなるから！」

アイル達が騒ぎながら会場の裏側に移動してきた。

まだ最後の挨拶をコートがしているはずだが、自由な子達だ。

「お疲れ様でした。とても良い発表でしたよ」

そう告げると、三人がこちらを振り返る。

「アオイ先生ー！」

「そうでしょ？　頑張ったんですよ！　ね？」

「きゃあ!?　触らないでって言ったでしょう!?」

アイル、リズ、ベルが大きな声で騒ぐ。

いつも元気な三人に苦笑しつつ、次に出てきたシェンリーにも労いの言葉を掛けた。

「お疲れさまでした。頑張りましたね」

そう告げると、シェンリーは照れたように笑って頷く。

「はい。父の姿は見えませんでしたが、どこかで見てくれていたはずですよね」

少し不安そうにそう呟くシェンリーに、私は息を吐くように笑った。

なにせ、シェンリーの父であるオルドは会場の端に最初から陣取っていたのだ。

シェンリー達が会場に顔を出す前に多くの人が集まっていたので、恐らく更に端に追いやられてしまったのだろう。

だが、シェンリーの晴れの舞台はきちんと見てくれていたと思う。

「大丈夫です。オルドさんは会場にいましたよ」

そう言って笑うと、シェンリーはホッとしたように頷いた。

と、今度はディーンが静かに会場から戻ってくる。

先ほどまでの堂々とした態度から、いつもの大人しい雰囲気に戻っているのが少し面白い。

「お疲れ様です。ティスさんが感動していましたよ」

「え？　本当ですか？　そ、その……魔術を意識し過ぎて人の顔が見られなくて……」

「後でお話をしてみてください。きっと喜ぶと思います」

戸惑うディーンにそう言って笑いかけた。

そして、最後にコートとロックスが戻って来た。

「お疲れ様です。お二人とも堂々としていて恰好良かったですよ」

二人にそう告げると、コートは爽やかに笑いながら片手を振り、ロックスは拗ねたように鼻を鳴らしてそっぽを向いた。

こんなところでも対抗心が出るのだろうか。二人は対照的な反応を示している。

その様子に微笑ましいものを感じながら、私は全員を振り返る。

「皆さん、素晴らしい発表でした。ここだけの話ですが、個人的にはこの文化祭で誰よりも良い発表だったと思っています。来年はもっとすごい魔術を披露してお客さんを驚かせましょうね」

悪戯心を覗かせてそう告げると、皆は吹き出すように笑った。

「ふふ、アオイ先生がそんなことを言うなんて思いませんでした」

「皆すごく驚いてましたよね！」

「……た、楽しかったよね」

最後にディーンがそんな感想を述べると、不思議と皆の視線がディーンに集まる。

「え？　な、なに……？」

慌てるディーンの姿に、皆は声を出して笑った。アイルが戸惑うディーンの背中を叩いて口を開く。

「そりゃあ、一番派手な魔術をぶっ放したんだからね！　気持ち良かったでしょう？」

「え？　え？　う、うん……」

笑いながらアイルにちょっかいをかけられて、ディーンは照れたように笑った。

その光景に和んでいると、ロックスが腕を組んで眉根を寄せる。

「……すぐに俺もディーンと同じ魔術を使えるようになるからな。覚えておけ」

悪役のような台詞を残して、ロックスは肩を怒らせて背を向けた。

そのまま歩き去っていくロックスの背を、ディーンが目を丸くして見送る。

「……も、もしかして、怒らせてしまったんでしょうか……」

泣きそうな顔で振り向くディーンに、コートが苦笑しながら首を左右に振る。

「そんなことはないよ。悔しがっているだけさ。気にせず、来年はもっと差を付けてやったら良いと思うよ」

と、コートが楽しそうに笑った。しかし、すぐに目を細めて肩を竦める。

「まぁ、僕も負けるつもりはないよ？」

そう言って、コートは不敵に笑った。どこまでも爽やかな男である。

ディーンはそんなコートを見て、浅く頷く。

「……ぼ、僕も、負けるつもりはありません」

ディーンがそう言うと、皆が一瞬目を丸くして驚く。

あのいつも自信なげだったディーンが、自ら負けないと口にしたのだ。

生徒達の中で誰よりも雷の魔術を習得していることが、大きな自信につながったのかもしれない。

私は無性に嬉しくなり、ディーンの頭を撫でまわしたくなった。衝動的にわしっと音がするくらい勢いよくディーンの頭を摑み、撫でまわす。

「わ、わわわ……」

それほど強く撫でているわけではないのだが、ディーンが戸惑ったように変な声を出していた。

その次の瞬間、舞台のそでの方からティスが走ってくるのが目に入る。

「うわっ！」

無言で駆け込んできたティスは、そのままディーンの頭に飛びつくようにして抱きしめた。

「よく……よくやりました、ディーン！　凄い魔術でしたよ！」

涙声で、ティスがディーンを力いっぱい抱きしめて褒める。

当のディーン本人は目を白黒させていたが、周りからは優しい視線が送られていた。

あれだけディーンへの不満を口にしていたティスが、手放しでディーンの努力を讃えている。

自分まで嬉しくなる心地だった。微笑ましい気持ちで眺めていると、ティスが涙を拭きもせずにこちらを振り返り、深く頭を下げた。

「ありがとうございました、本当にありがとうございました……っ」

嗚咽を堪えながら礼を述べるティスを横目に、ディーンが照れくさそうに俯く。その二人の姿が本当に嬉しく、思わずこちらまで泣きそうになってしまった。

ディーンの頭を更に撫でまわしたい気持ちを抑えて、近くにいるシェンリーの頭を撫でまわしたのだった。

◇

文化祭も残り僅かとなり、私は他の会場で発表を見学に行くべく移動しようとした。

しかし、そこへ見慣れた集団が歩み寄ってくる。

ミドルトンとレア夫妻、アイザック、ディアジオ、グランツである。更にその少し後方にはロレットの姿もあった。ラムゼイ以外の大国の重鎮達が揃って、何故かこちらへと一直線に向かってきたのだ。

面倒な話の予感がして、私は片手を挙げて口を開いた。

「申し訳ありません。これから、他の人の発表も見学に行こうと思っておりまして……」

そう告げると、ミドルトンが声を出して笑う。

「我々を見てそんな対応をする者はアオイ殿かラムゼイ侯爵くらいだろうな」

「生徒達の発表を褒めたかっただけですよ」

ミドルトンに続き、アイザックが苦笑しながらそんなことを言った。

生徒達の発表を褒めてくれるのなら、少しは会話をしても良いだろう。

足を止めて、体ごと向き直る。

期待を込めて一同を見返すと、レアが噴き出すように笑いながら片手を振った。

「こういう時はアオイ先生も子供みたいになるのね？　でも、本当に生徒達の発表は素晴らしかったわ。やっぱり、教える人の腕かしら？」

笑いながら、レアがそんな感想を述べる。

「生徒達の努力の賜物です。とても素直で勤勉な子達ですから、来年は教員よりも優れた魔術師になっているかもしれませんね」

そう言って胸を張ると、レアはまた声を出して笑った。

「自分のことのように自慢するのね。アオイ先生は魔術師としてだけではなく、教員としても素晴らしい人だと思うわ。でも、どんなに勤勉な子であっても、普通あんなに凄い魔術を使えるようにはならないわね。それこそ、これまでにない魔術をとんでもない速度で習得させたアオイ先生の力によるものよ。ロックスにも教えてもらえて王国としても有難い限りだわ」

「いえ、そんなことは……」

否定しようと胸の前で手を左右に振ったのだが、ミドルトンが呆れたような顔を見せる。

「そんなことはあるだろう。どう考えても普通の成長速度ではない。それもオリジナル魔術を、だぞ？」

ミドルトンがそう言うと、アイザックも苦笑しながら頷いた。

どうでも良いことだが、その表情を見てコートにそっくりだなと思う。

「基礎の魔術を習得して、初級、中級、上級の魔術を学んでいく。これが最も魔術を理解する上で早く、効率的な修練方法とされています。そして、学生の内に習得できるものは普通、上級までです。特級やオリジナル魔術は魔術研究者や宮廷魔術師などが数年かけて習得、開発するものですから」

「まぁ、癒しの魔術においてもそれは同様であろう。むしろ、上級もなかなか習得できないものだ」

ディアジオが複雑な表情で同意に近い言葉を口にする。

癒しの魔術以外の分野で遅れていると自覚している故の表情だろうか。

先日、メイプルリーフで魔術についての習得のコツを少し話してきたので、今後は学院の魔術水準向上が期待できると思うのだが。

そんなことを考えていると、グランツが眉根を寄せて唸った。

「……正直、これまではあまり魔術の力というものを重要視していなかった……いや、多少はしていただろうが、認識不足だったのだろうなぁ」

頭をガリガリと掻きながら、斜め後ろに立つドワーフの騎士に一言声をかける。

すると、ドワーフの騎士は体の半分ほどはある大きな盾を軽々と持ち上げた。

グランツはその盾を指さして、口を開く。

「この盾はグランサンズ王国内でも売買していない、最上級の代物だ。炎も水も土も風も防ぐことが出来る上に、組み合わせれば即席の壁を作り上げることも可能だ。戦場に素早く拠点を作ることもできるし、退却時は魔術による追撃の被害を抑えることもできる」

そんな説明をして、グランツは拳で軽く盾を叩いた。

「……だが、この盾では雷は防げない。雷は盾を貫通してしまうのだ。これまでは雷の魔術などなく、天候を操る魔術も伝説上のものだった。だから大して気にしていなかったのだが……まったく、困ったものだ」

グランツは深いため息を吐いて、攻撃的な笑みを私に向ける。

「これで、雷の魔術に打ち勝つドワーフの武具を作らねばならなくなったではないか……ごほん、雷の魔術を防げる盾を作ることが出来たら、今度こそわしと一緒に鉄を……あ、いや、何でもない」

そう言って照れたように笑いだすグランツに、思わず釣られて笑ってしまう。

新たな課題が発覚したから、すぐに解決の道を模索する。この考え方はとても好ましいと感じた。

ゆえに、雷の魔術について少し教えてみようと思う。

「雷というものは様々なモノを通じて伝わっていきます。特に水などはよく通してしまいます。これは、水の中に小さな不純物がある為、これらを伝わって雷が通ってしまうのです。しかし、その水も不純物が一切なければ、雷は通しません。同様に、幾つか雷を通さない物質もあります。それらを用いれば、雷の魔術も防ぐことが出来るでしょう」

そう告げると、グランツは目を丸くして動きを止めた。それは周りにいた他の人達も同様である。

レアだけは面白いものを見たような顔をしているが、大概は唖然とした顔をしていた。

「……なにか？」

仕方が無いのでこちらから尋ねると、いち早く正気に戻ったミドルトンが咳払いをして目を細める。

「ごほん……いや、使える者など数えるほどしかいない雷の魔術だ。その弱点を、そんなあっさりと教えるとは思わなかった。その情報一つがどれほどの価値を持つか、知らぬわけではないな？」

ミドルトンにそう聞かれて、私は思わず微笑みを浮かべた。

「雷を一方向に放つ程度の魔術であれば、防がれたところで問題はありません」

そう告げると、全員の顔が同時に引き攣った。

「……これが、学院の魔女か」

これまで黙っていたロレットが小さくそう呟くと、何故か全員が揃って頷いたのだった。

「学院の魔女とは、私のことですか？」

他国の王族までそんな変なあだ名を知っているのか。

そう思って聞き返したのだが、ロレット含め、全員がウッと呻いて一歩後方へ下がった。

「い、いや、申し訳ない。別に侮辱するつもりではなくてだな……」

「うむ、言いたいことは分かるぞ。ロレット卿……とても良く分かる」

焦った様子を見せるロレットに、ディアジオが小刻みに頷きながら何らかの同意を示した。

それに首を傾げていると、アイザックが乾いた笑い声をあげて両手を広げ、前に出てきた。

「恐らくですが、大魔術師という意味で口にしたのでしょう。昔、グレン学長のことを学院の賢者と呼ぶ者もおりましたので……」

学院の賢者。そちらの方が好みだが、あだ名は自分で名乗るものでもないだろう。

不承不承頷きながら、ミドルトンを見た。

「それでは、私はそろそろ行きます。もうすぐ中央広場で発表をしますので、そちらも是非見に来てくださいね」

さり気なく自分の発表の宣伝をしてから、皆に向かって一礼して踵を返す。

さぁ、もう文化祭も終わりだ。最後に失敗などしないよう、きちんと準備をしておこう。

第三章 ― 学院の魔女

徐々に日が暮れてきた。赤い太陽に学院が照らされて、校舎も会場もオレンジ色に染まっている。

その会場は見渡す限りの人で溢れていた。

最後の発表は中央会場だけで行う。その為、他の会場からも人が集まってきているのだ。

生徒達の発表の時はグランツが実演販売を行ったせいで人の集まりが悪かった。しかし、今は本人が最前列に来て仁王立ちしているので、その心配はない。

「……さぁ、皆に魔術の様々な可能性を教えましょう」

自らを鼓舞するようにそう呟き、私は両手を上に上げて体を軽く伸ばした。そのまま深呼吸をして、目を瞑る。

風の流れ、人々の呼吸や衣擦れの音、夕陽に照らされて僅かに火照る肌の感覚。

それらをじっくり感じ取りながら、目を開けた。

会場の奥から、中心へと歩いていく。

すると、会場で聞こえていた人々の声もそれに合わせるように静かになっていった。

中心に立つ頃には、すっかり静寂に包まれていた。

沈黙が支配する会場をゆっくりと見回し、人々の中に紛れ込んで手を振るシェンリーやアイル達に軽く微笑みを返す。

「……こんにちは。フィディック学院の教員をさせていただいております、アオイ・コーノミナトと申します。本日は、私の発表を見にきてくださり、誠にありがとうございます」

そう挨拶をして、深くお辞儀をした。

ゆっくりと体を起こし、集まった人々を眺めながら口を開く。

「今日は、私が開発した魔術を二つ発表いたします。少し特殊な魔術の使い方になるかもしれませんが、見る分には面白い発表になると思っています。皆さんに楽しんでいただけたら幸いです。それでは、発表を始めます」

発表の開始を宣言して、片手を前に出した。

手のひらを正面に向けると、何人かは身を強張らせてしまった。

その様子を見てやり方を間違えたかなと思いつつ、もう遅いかとそのまま継続する。

魔力を集中させて手のひらの前に水の魔術で水球を作り出す。水球の温度を上げていき、次に風の魔術を発動させた。同時に二つの魔術を行使すると、会場の一部から驚きの声が上がる。

そのまま、水球を風の魔術で包み込むようにして流れを作り、循環速度を上げていく。周囲を竜巻のように風で覆い、中心に向けて圧縮した。あっという間に、ただの水球だったものが直径一メートルほどの水と風の竜巻に変化する。

球体内は瞬く間に静電気を溜めていき、外にまで放電を発するまでになっていった。激しい放電音を響かせると、会場から息を呑むような声が聞こえてきた。

今回は、更に大きく成長させようか。

そんなことを考えながら、手を上に上げた。空中で徐々に大きくなっていく圧縮した雷雲。十分に静電気を溜めたか確認する為に、目を細めて頭上を見上げる。

激しい明滅を繰り返す球体を見て、ひとり頷いた。

「もう十分ですね……電光砲撃《トリトニスレイ》」

小さく呟いて、魔術を行使する。

直後、夕焼け空を巨大な雷が引き裂いた。向けたい方向を指定していた為、周囲に広がることなく雷の奔流が一直線に空へと放たれる。

大型のドラゴンも墜落させることが出来る最大級の魔術である。

迫力があり、見栄えも良い魔術なのだが、音が問題だ。

雷が発生すると、熱によって空気が瞬間的に膨張し、破裂音に近い轟音が鳴り響く。

それは雷に近いほど大きな音となってしまう為、必然的に会場には耳を劈《つんざ》くほどの轟音が鳴り響いてしまうのだ。

予想通り、会場の人々は殆どが腰を抜かして座り込んでしまっていた。

「……前もって言っておくべきでした」

私は小さくそう呟いて、胸の内で反省する。

「……今の魔術は、雷の魔術の中でも破壊力に優れたものです。クラス分けするなら特級になるでしょうか。この魔術の良いところは、風よりも速い速度で飛来すること。また、生物や金属を貫通してダメージを与える為、どんな魔獣もほぼ一撃で倒すことができることでしょうか。ただ、きちんと指向性を与えなかった場合、電気を通しやすい場所へ無差別に降り注いでしまいます。これらを考慮して、この魔術を使おうと思う方は誰もいない海か砂漠で練習をしてくださいね」

そんな説明をするが、会場に集まった観衆の中にはまだ腰を抜かしたままの人が多くいた。

仕方なく、次の魔術を準備する。

丁度良いことに、空も少しずつ暗くなってきていた。

「それでは、次の魔術を発表します。今回も少し大きな音がしますが、危険はありませんのでご安心ください」

簡単に前置きしてから、軽く両手の指先を曲げ伸ばしして、手を胸の前に持ってくる。

大きく指を広げて、準備は完了だ。

魔力を指先に集中し、手のひらの前に魔力の流れを作り出した。そして、もう片方の手を使い、腰に下げておいた革の袋から小さな鉱石を幾つか取り出した。ザラメのような大きさだ。

その鉱石を、魔力の流れの中にそっと放り込む。

同じ色の鉱石が五つ、手のひらの前でクルクルと踊るように舞った。

それを見ている人々の目も、鉱石を追ってぐるぐると回る。

十分に魔力が練られたのを確認して、手のひらを空へ向けながら腕を上げた。風を巻き込んで吸い上げながら、鉱石を内包した魔力の塊が空へと打ち上げられる。

十分な高度に達した。それを確認してから、口を開く。

「……魔力花火《マギファイアワーク》」

魔術名を口にした瞬間、空中でお腹に響くような爆発音が鳴り響いた。

そして、巨大な黄金の花火が暗くなってきた空を明るく彩った。

空高くとはいえ、巨大な花火を初めて見た人々は目を丸くして驚いている。

以前見た、一尺玉の花火と同サイズのものを目指して開発したのだが、中々良く出来たように思う。

空中で破裂した鉱石は練り上げた魔力によって粉々になり、炎色反応を起こしながら燃え広がる。

火と風の魔術によってどこまで範囲を広げるかが問題だったが、中心で一度爆発させることで解決した。

よく考えたら普通の花火と同じ考え方だったのだが、思いついた時は凄い発明だと喜んでしまった。

小さな黒歴史である。

「わぁっ！」

「綺麗！」

子供の騒ぐ声がして、視線を地上に戻した。あれは、商人の子供のマーチンだ。隣に立つ父親と一緒に目を輝かせて空を見上げていた。

集まった人々は大半が目を輝かせて空を見上げている。どうやら喜んでもらえたようだ。

そっと微笑みながら、再び魔力花火《マギファイアワーク》の準備をした。

魔力を練り上げて、鉱石を選び、空へと打ち上げる。

激しい爆発音が暗くなった空で響き渡り、今度は夜空を真っ青に染めた。

美しい青の花火は、更に観客の歓声を大きくしてくれる。

「どんどんいきますよ」

楽しくなってきた。

そう思い、私は次の段階の準備をした。

目の前に石の台を作り、その上に鉱石を幾つも並べていく。両手を前にして、台のすぐ上で魔力を練り上げていった。

そして、鉱石を軽く拾い上げて空へと打ち上げる。

右手、左手と腕を上げて、口を開く。

「魔力花火《マギファイアワーク》」

魔術名を口にすると、空で連続して爆発音が鳴り響いた。二つの巨大な花火が空を黄金に染め上げる。更に、右手、左手と順番に魔術を行使していった。

空に連続して色とりどりの花火が展開していく。赤、青、黄だけでなく、緑や紫の花火も夜空に花開いた。

その頃には見学で集まっていた人々も音に馴れてきたのか、素直に大きな歓声を上げて喜んでくれていた。

誰も彼もが空を見上げて花火を指差して笑ったりしている。その光景を見るだけで幸せな気分になるが、そろそろ花火も終わりである。

最後は、全ての残った鉱石を使って巨大な花火を作りあげるとしよう。

「……それでは、最後の魔術です」

誰も聞こえていないだろうが、そう告げて最後の魔術を準備した。

二十余りの鉱石を使い、最後は両手で大量の魔力を込めた。

勢いよく空に打ち上げて、鉱石も出来るだけ散り散りになるように意識する。

物凄い速度で鉱石が打ち上げられたのを見て、これまでと雰囲気が違うと感じたのだろうか。

会場に集まった人々も静かに空を見上げて魔術の発動を待った。

そして、最後の花火が夜空で花開く。

三尺玉、四尺玉相当の大きな黄金の花火が空一面に広がり、すぐに周囲に散った様々な鉱石が色とりどりの小さな花火を作り出す。

日本で見ていた花火ではよくあるパターンのものだったが、魔術でそれを再現しようとするととても大変だった。

緻密な魔力コントロールと、見えないほどの高度で舞い散った鉱石の破片の位置調整。

更に、大雑把にやって鉱石の破片が地上に降り注ぐと大変なことになる為、綺麗に粉末になるように気を遣いながら鉱石を砕かないといけない。

だが、それら全てが正確に行えたら、ご覧の出来である。

空を彩った極大花火と小さな花火の数々。その光景はまさに一瞬だけの芸術と言えた。

火の粉が消えていき、空が暗い夜に戻っていく。

その様子を名残惜しそうに眺める人々を見回して、私は深く礼をした。

「……これで、フィディック学院の文化祭、最後の発表を終了といたします。ご覧いただき、ありがとうございました」

私がそう告げて顔を上げると、誰かが真っ先に大きな音を立てて拍手をしてくれた。

それに釣られて、人々の目が空から地上へと戻る。

「素晴らしい発表であった！」

良く通る声でミドルトンが感想を述べると、一気に拍手と歓声が会場中に広がった。

大歓声と万雷の拍手を全身に受けて、私はもう一度深く、礼をしたのだった。

◇

「あんなの初めて見ました！」

「凄かったです！」

発表終了を伝えて、アイル達が真っ先に走ってきて感想を述べる。

それに微笑みながら、腰に下げた革袋から鉱石の欠片を取り出した。花火をするには小さ過ぎた鉱石類である。

「あれは誰でもできる魔術ですよ。こういう、燃やしたら火の色が変わる石や金属を空中に飛ばして、それらを激しく燃やしてあのようにしました。火の魔術と風の魔術を練習したらできると思います」

説明をしながら、小さな鉱石の欠片を一つずつ燃やしていく。

青い炎と黄金に輝く炎を間近で見て、アイル達の目が輝いた。

「綺麗ー！」

「私もやってみたい……」

アイル達だけでなく、シェンリーもそばに来て感嘆の声を上げる。

これは次の授業に丁度良いかもしれない。

意外と細やかな魔力操作と、見えないところで魔術を発動させるという部分が学習内容としても的確である。

魔術の遠隔操作というのはフィディック学院であってもあまり一般的ではない。

これまでで最も優れた遠隔での魔術発動技術を有していたのは、メイプルリーフ聖皇国の聖人と聖女だった。

　ほかの魔術師は殆どが視界の及ぶ範囲内、場合によっては手元から一メートル範囲内で魔術を発動させている。

「……そうですね。雷の魔術を習得した人から、この魔力花火《マギファイアワーク》の魔術を習得しても良いかもしれません」

　色々と考えながらそう呟くと、後からこちらにやってきたミドルトン達が苦笑した。

「先ほどの魔術を、生徒達がか？　それは中々難しいだろう。宮廷魔術師であっても数年……下手をすれば十年はかかりそうなものだが」

　ミドルトンが代表してそんなことを言ってきたので、片手を挙げて手のひらを左右に振る。

「フィディック学院の生徒達なら、恐らく半年から一年で習得できると思います。難易度は雷の魔術より少し上程度ですから」

　そう告げると、皆がピタリと動きを止める。

「……そういえば、あの雷の魔術も一年や二年で覚えられるものではないぞ」

「いや、そもそも伝説や逸話でしか聞いたことが無い魔術ですからね」

「あんな魔術を半年で覚えられてしまっては、各国の戦力に差が……」

　ミドルトンやディアジオ、アイザック、グランツが難しい顔で額を突き合わせて話し合い始めた。

　それを横目に、ロレットが眉間に皺を寄せて唸る。

「……アオイ殿。先ほどの魔術は見事だった。ところで、あの魔術……もし戦いの場で使ったら、どれほど恐ろしいことになるか、理解しているだろうか？」

ロレットは低い声でそう言って、こちらを睨むように見た。

それに首を傾げつつ口を開く。

「あの魔術は中級の土か水の魔術があれば防げるような殺傷力の低い魔術です。もちろん、あの魔術を習得することで緻密な魔力操作を学ぶことが出来ますので、様々な魔術の応用が可能にはなりますが、それらが全て戦いに使われるとは限りません。結局は、どんな魔術も使い方ですから」

そう告げると、ロレットは口を噤んで押し黙った。一度何か言おうとした素振りもあったが、結局何も言わなかった。

そこへ、タイミングを見計らったかのようにコートが何処《どこ》からか割り込んでくる。

「いやぁ、素晴らしい魔術でした。流石はアオイ先生ですね。皆さんもとても感動したと思いますよ」

コートがそう言って入ってくると、ロレットは一歩後ろへ引き下がった。

どうやら、喧嘩の仲裁のようなことをしてくれたらしい。私としては喧嘩をしていたつもりはないが、コートからするとハラハラするような状態だったのかもしれない。

内心で小さく反省をしていると、コートの隣にロックスが現れて周りを気にしつつ声を掛けてきた。

「凄い魔術だったが、あれを俺達が使えるのか？　想像も出来ないのだが……」

そんな質問に、皆の目がこちらに向いた。

「先ほども言いましたが、やっていることは高いところで鉱石を燃やしているだけです。もちろん、上手く拡散させたりきちんと粉々にしたりという難しい部分はありますが、練習すれば誰でもできますよ」

そう言って微笑むと、ロックスは腕を組んだまま唸る。

簡単に説明し過ぎただろうか。とはいえ、既に雷の魔術を使えるようになっている生徒達は納得した様子ではある。

このままフィディック学院で特級魔術やオリジナル魔術を教えていけば、魔術の水準は間違いなく上がっていくだろう。

だが、各国の魔術水準を向上させるには効率的とは言えない。

特に、魔術に対して関心が少ないグランサンズや、魔術に対して間違った知識を持っていそうなカーヴァン王国、そして魔術の研究に偏りがありそうなブッシュミルズ皇国には早めに確認に向かいたいところである。

出来ることなら、それぞれの国の宮廷魔術師や教員がフィディック学院に学びに来てくれたら有難いが、中々そうもいくまい。

そんなことを考えていると、ロレットが不貞腐れたように肩を竦めた。

「……これは、今後もフィディック学院から目が離せない、といったところか。残念ながら、我が国の魔術学院よりも実力は上だろう。しかし、それだけにグレン学長の孫のことが悔やまれるな？」

ロレットがそう口にしてミドルトンを見ると、一瞬空気が凍り付いたような気がした。

「……ロレット公爵。それはこんな時に口にするような内容ではなかろう」

声のトーンを落としてミドルトンがそう告げる。

それにロレットは肩を竦めるだけで何も答えなかった。

「グレン学長のお孫さんに、何かあったのですか？」

尋ねると、ミドルトンは難しい顔で顎を引いた。

「……大きな声では言えぬが、講義に出ることなく自室に引きこもってしまっているそうだ」

第四章　引きこもり

グレンはエルフの母と人間の父との間に生まれたハーフエルフである。

二百年から三百年生きる純血のエルフと違い、ハーフエルフは百五十年前後と寿命が短くなってしまうが、人間と同じくらいの速度でエルフよりも早く成長する。

ハーフエルフで高い評価を受けた者は数多いが、純血のエルフが暮らす王国において、ハーフエルフは差別の対象となってしまうのが通例だ。

何故なら、エルフの血は薄まれば二度と純血に近づくことはない。

ハーフエルフが他の種族と子を生《な》せば、ほぼエルフの血は感じられないほどに薄まる。ハーフエルフが純血のエルフと子を生したとしても、生まれるのはハーフエルフまでだ。それも、親のハーフエルフよりエルフの血が濃くなることはない。

更に残酷なことに、エルフ同士では子が生まれることが少ない。

こうして、遥か太古より続くエルフという種族も、その数は着実に減少の一途を辿っていた。

魔術について研究する年月が長い分だけエルフは魔術に長けている。その知識や経験もさることながら、魔力の操作が他の種族より上手いというのも特徴の一つだろう。

魔力を感じる力が優れているということは、魔術の研究にも大きなアドバンテージとなる。

だからこそ、エルフの血が薄まることを忌避しているのか、エルフの純血種を残すことへの執念によるものか、ハーフエルフへの扱いはとても酷いものだったようだ。

グレンがどうだったかは不明だが、エルフの王国に生まれて、若い内に人間の国で暮らし出していたということらしいので、恐らく差別を受けて国を追われたのだろう。

そんなグレンが、結婚相手に人間の女性を選んだのは当然の流れとも言えた。

ハーフエルフと人間の子は、まず普通の人間である。グレンの唯一の子も人間の男であった。

妻は勿論、三十代で生まれたグレンの子も老齢になる前に亡くなってしまった。

その子が残したのは一人の男の子である。

もはや、グレンの家族はその孫一人のみ。エルフの母も生きてはいるが、エルフの国に残ることになったのか、離れ離れのようである。

そういった状況を背景に、グレンは孫を大いに可愛がっていたらしい。

◇

「……それが、いつの間にか姿が見えなくなり、やがてグレン学長の孫は学院のどこかに籠ってしまったと言われていてな。何があったのかは分からないが、グレン学長も何もそのことについて口を開かないことから、やがて触れざる話題となっていたのだ」

と、ミドルトンがグレンとその孫の過去を大まかに語った。

その話を聞いていた面々は一様に神妙な顔で俯く。

「……実際、何があったのだろうな？」

「それは……流石にグレン殿に聞くのも躊躇《ためら》われるな」

グランツとディアジオがそっとそんな会話をしている。

それは確かにそうだろう。なにせ、世界屈指の魔術師であるグレンの孫である。それこそ既にフィディック学院の上級教員に名を連ねていてもおかしくはない。

「……そのお孫さんはおいくつなのでしょうか」

何となく気になって、そう尋ねた。すると、ミドルトンが顎に手を当てて唸る。

「遅く生まれた子だったはずだ。確か、ロックスと同じ年齢か、一つ下ほどだろうか」

ミドルトンがそう口にした時、その背後から声がした。

「……今、十六歳じゃな」

その声に、皆が一斉に振り返る。

そこには、複雑な表情で立つグレンの姿があった。

皆の視線が集まったことに気が付くと、グレンは深く溜め息を吐いて目を細める。

「素晴らしい発表を見ることが出来て年甲斐もなくはしゃいでおったのじゃが……まぁ、隠していたわけではないがの。誰にも自分から話さなかったから、余計な詮索をされてしまったのかもしれんのう」

深い溜め息を吐いてグレンがそう呟いた。

その言葉にはグレンには珍しく負の感情が混じっており、それを敏感に感じた面々は顔を強張らせた。

各国の代表クラスの地位にいる者達の会話を「余計な詮索」と言い切った。

これがグレンでなければ、それこそ死罪になってもおかしくないほどの無礼な発言である。

しかし、本人がいないところで触れてはいけない部分の噂をしていたという後ろめたさがあるのか、皆が教師に責められた生徒のように視線を下方に向けた。

それらを横目に、私はグレンの顔を見上げる。

「……グレン学長。差し出がましいこととは承知しております。ただ、もし良かったら、お孫さんについてお聞かせください。話を聞くことで、少しでもお力になれたら……」

「……申し訳ないが、黙ってくれんかの」

私の言葉を遮り、グレンが冷たい声音でそう言った。

その言葉に場は凍り付く。

あのグレンが、これ以上踏み込むなといった態度を見せている。今までにない姿に思わず返事をすることも出来なかった。

繊細な話題に不用意に踏み込むことはどの世界でも褒められたことではない。

しかし、放っておいて良い話ではない。

グレンの孫は十六歳と言っていた。ならば、すなわちその子は生徒の一人だ。

私にとっては、だが。

「生徒が悩んでいたり、苦しんでいたりしているのならば、黙っていることは出来ません」

だから、私はグレンの目を見つめてはっきりとそう告げたのだった。

◇

私の言葉を聞いて、グレンが面食らったような顔で口籠った。

色々と考えているような素振りを見せて、最後に眉をハの字にした悲しげな表情を作る。

「……いや、その気持ちはありがたいのじゃが、ソラレは……」

小さく何かを言いかけて、グレンは口を噤んだ。

そして、何も言わずにこちらに背を向ける。

肩を落として去っていくグレンに、誰も声を掛けることは出来なかった。

グレンが立ち去ってから、ミドルトンが深い溜め息を吐く。

「……グレンのことだ。すぐに平常な状態を取り戻すだろう。それでは、我らは一旦、学院の一室を借りて酒を酌み交わすとしよう」

「ふむ、貴重な機会だからな」

「何とも後味が悪いが、仕方あるまい」

ミドルトンの言葉に首肯して、グランツやディアジオ達は呑みの席へと向かった。

毎日呑んでいる様子だったが、よく飽きないものだ。まぁ、こういう機会に他国の情報を得ようとしているのだろうが、私ならば一度か二度でもう十分だと判断するだろう。

ミドルトン達が去ってから、コートやロックス、シェンリー達が戻って来た。生徒達を見て、質問を口にする。

「皆さんは、グレン学長のお孫さんについて知っていますか？」

そう尋ねると、コートとロックスが顔を見合わせた。

「ソラレ・モルトのことか」

「ソラレ君は、私も幼い頃しか会ったことがありませんね」

二人は顔を見合わせて困ったような表情を浮かべる。どうやら、あまり詳しくは知らないらしい。

やはり、グレンに直接聞くしかないか。

しかし、あの様子では強引に聞き出すことも出来ないだろう。

何があって姿を隠してしまったのか、どうにか調べられないだろうか。

そう思っていると、奥からフェルターがラムゼイと共に現れた。奥にはフィオールの姿もある。

「ソラレか……もう久しく会っていないな。だが、恐らく最後に会ったのは俺だろう」

と、フェルターがさらりと爆弾発言をした。

それにはロックスも驚いて振り向く。

「最後に会った？　いつの話だ？」

その疑問に、フェルターは腕を組んで眉根を寄せた。

「確か……一年前だったか？　元々、俺はソラレと何度か会っていたからな。お互い干渉はしないが、何故か同じ空間にいることがあった」

「こ、交友があったのか？　何故言わなかった？」

ロックスが更に質問を重ねるが、フェルターは面倒臭そうに首を左右に振った。

「何故、俺がそんなことを話す必要がある？　ソラレが部屋から出ないからどうした。俺には関係が無い」

冷たい態度でフェルターがそう告げると、ロックスは胸の前で拳を握り込んで歯噛みする。

「そういう問題じゃないだろうが……！」

と、もどかしそうに唸った。

フェルターに友人として何でも話して欲しかったのか。それとも、グレンの孫という重要人物の情報を口にしなかったことを怒っているのか。

どちらにしても、フェルターの言う通りわざわざロックスに自分から話す内容ではない。

その点は納得したが、フェルターはともかく、私の場合は立場から言っても聞くべきだろう。

そう思って、フェルターに対して向き直る。

「フェルター君。良かったら、ソラレ君について教えてください」

そう言うと、フェルターは難しい顔で顎を引いた。

口を開くのを躊躇うような様子を見せるフェルターに、フィオールが優しげな雰囲気で苦笑する。

「ほら、フェルターが以前お手紙でも書いてくれていたでしょう？　言いやすいお話だけでも良いのですよ？」

やんわりと諭すようにフィオールがそう言って、フェルターは溜め息を吐いた。

「……分かった。ソラレの話をしよう。それは良いが、ソラレを無理に表に引きずり出すような真似はしないでもらいたい」

「お約束いたします」

即答でフェルターの条件を飲む。

すると、真剣な顔のフェルターが頷き、顎をしゃくって口を開いた。

「……場所を変えよう」

「分かりました。それでは、時間も時間ですし、フェルター君とご両親も交えて夕食といたしましょう。あ、ラムゼイさんはミドルトンさん達とお食事でしたか？」

そう尋ねると、ラムゼイは鼻を鳴らして笑う。

「一度顔を突き合わせて呑めば十分だ。すでに今後の方針やそれぞれの国への質疑応答もやっておる。強いて確認すべき事項としてはアオイ殿の派遣先だが、聞けば前回の聖皇国へ赴いたのも個人的な考えのもとで選んだのだろう？　ならば、各国が下手に口を出すよりもアオイ殿に任せる方が良い」

ラムゼイはそれだけ答えると、話は終わりだと言わんばかりの堂々とした態度で仁王立ちする。

本当に、この親子は似ている。そう思って苦笑しつつ、頷いた。

「そうですね。各国の情勢や相互関係といった部分は私も疎いですから、気持ちは分かりますよ」

「む？　いや、領土、人口、輸出入、移民対応、学問などの基準についても話はしているぞ？　言っておくが、ブッシュミルズで最も外交を担当している貴族は……」

ラムゼイが何か弁明するように喋りだしたが、フィオールが両手の手のひらを合わせて音を鳴らし、遮った。

「さぁ、せっかくですから高級なお店に参りましょう。お金は心配いりませんし、皆さんもいかがですか？　それぞれ別の個室で飲食すればこちらのことは気にせずとも大丈夫ですよ」

のんびりした調子で、フィオールがその場にいる全員を食事に誘う。

「行きます！」

「行きたいです！」

アイル達が両手を挙げて気持ちを伝えると、フィオールがくすりと優雅に笑った。

「はい。それでは、皆さんもご一緒に行きましょうね」

「やったー！」

「打ち上げですね！」

アイル達がはしゃぐ中、コートは苦笑しつつこちらを見る。

「私達が行っても大丈夫ですか?」

「ラムゼイさんは侯爵ですから、大丈夫でしょう」

大企業の社長のようなものだろう。そう思って答えたのだが、コートは声を出して笑っていた。

どうやら常識的な行動ではなかったらしい。

やはり、貴族にはもっと遠慮すべきなのだろうか。

◇

フィディック学院を有し、六大国から合同で出資されてできた特別な街、ウィンターバレー。各国の貴族や商会だけでなく、裏側で違法に金儲けをするならず者達も注目する特別自治領である。それ故に、街の中の雰囲気は一種独特なものがあり、飲食店や日用品店にしても多種多様で観光客の人気も高い。

エルフや獣人、ドワーフなど珍しい種族もおり、更には商機を求めて行商人も多数集まる。その状況は他の国にはない活気を生み、経済的な好循環を作り出していた。

そんな豊かで多種多様な店が立ち並ぶウィンターバレーにあって、最も評価の高い高級飲食店として有名な店がある。

店名はダルモア。コート・ハイランド連邦国より単独でウィンターバレーに来て店を構えた店主による、創作料理中心の店である。

もともとコート・ハイランドは小国が寄り集まってできた国である為、上層部のまとまりはなく、政治は遅々として進まない。しかし、様々な文化を内包する国であるが故に、商売や飲食に関しては大きく発展していた。

その料理の腕や知識をもとに店主はダルモアをウィンターバレー随一の名店へと育て上げたのだ。もちろん、名店として有名になるからには、料理ばかりが理由ではない。

店主のこだわりは料理を楽しむ為の空間にも向けられている。

壁や柱だけでなく、床や天井、窓枠の装飾から巾木まで、店主はこだわり抜いて店を建てていた。そういった事前情報があったにも拘わらず、私は店に入ってすぐに小さな感動を覚えていた。

レンガ風の壁面と暗い木材を用いた柱や梁、床は大理石のような綺麗な石である。色合いもさることながら、照明にもこだわっている。

この世界に来て初めて、床や天井に間接照明がある店を見た。

派手過ぎず、地味でもない。丁度良い雰囲気である。

入ってすぐに受付のような空間があり、通路を曲がると等間隔に席が並んだ広間がある。落ち着いた雰囲気で広さもそれなりにある為、これならゆっくり会話もできるだろう。

と、思っていたのだが、どうやら我々は別室となるらしい。残念だ。

広間の席に嬉しそうに座る生徒達。アイルやリズ、ベル、シェンリーが一つのテーブルに座り、ロックスやコートは別々の席に座っていた。ちなみにディーンはコートと同じ席だ。

その様子を少し羨ましく思いながら眺めつつ、私達はウェイターに連れられて奥の方へと進んだ。

通路を進むと階段があり、二階へと上がっていく。また通路を進んでいき、突き当たりにある大きな扉の前に立った。

「どうぞ、お寛ぎください」

そう言って、ウェイターは扉を開ける。

すると、目の前に豪華絢爛な部屋が現れた。

一言、豪華絢爛と口にするのも躊躇するほどの派手な部屋である。

壁の装飾や照明、窓枠も黄金であり、天井には美しい絵画まで描かれている。

流石に派手過ぎるし、食事をするなら先ほどの広間の方がよほど良いと思ったのだが、ラムゼイは感嘆の声を上げて部屋を見回した。

「おお！　王城の貴賓室のようだ！」

「綺麗なお部屋ですねぇ」

ラムゼイとフィオールは上機嫌で部屋の中を軽く見て回った。

その様子にウェイターも自慢げに頷く。

「こちらの部屋は、有名な城大工の方に作っていただきました。貴族の方々はやはり豪華な部屋も見慣れてしまっていますから、そういった位の高い方にも楽しんでいただけるように趣向を凝らしております」

ウェイターがそう説明すると、ラムゼイ達は成程と頷いた。それに首を傾げつつ、部屋の中をもう一度見回す。

確かに、豪華で凄い部屋だとは思うが、やはり先ほどの広間の方が好みである。

ウェイターが去った後に、少し残念に思いながら席に着いた。

すると、それぞれ席に腰を下ろしたラムゼイ達が私の顔を見る。

「なにかあっただろうか？」

ラムゼイが不思議そうにそう尋ねてきたので、何となく思っていたことを口にしてしまう。

「最初の部屋の方が私は好きですが……」

そう呟くと、フィオールが目を細めて面白いものを見たような顔になった。

「入口から一番初めに入った部屋、ですか？　こちらの部屋の方が遥かに高級な作りとなっておりますが？」

フィオールにそう尋ねられて、少し失礼だったかと思いながらも口を開く。

「個人的な感想です。こちらの部屋は素晴らしい装飾や絵画までありますが、食事をするには落ち着かない気がします。対して最初に入った部屋はとても調和を重視しているように感じました。壁や柱もそうですが、照明の当て方一つにしても部屋の一部として考えられているように思います。まるで、部屋全体が一つの絵画のように見えるほどでした。落ち着いた雰囲気ながら遊び心もみられて、とても楽しく食事が出来そうな……そんな感じでしたね」

と、素直に感想を述べた。すると、フェルターが鼻を鳴らして笑い、同意を示す。

「ふん。確かに、ここよりも先ほどの部屋の方がゆっくり食事が出来そうだ」

フェルターがそう答えると、ラムゼイは腕を組んで何度か頷いた。

「ほほう？　そう思って部屋の中を見ると、確かに派手過ぎる気もするな。まぁ、旨ければ何でも良いがな」

そう言って、ラムゼイが大きな声で笑う。

その様子を見て微笑みながら、フィオールはこちらを見る。

「女性は雰囲気も大切にするのですよ？　それにしても、アオイさんは平時の雰囲気や我々に対する態度を見ても何となく感じていましたが、どこかの大貴族の出ではありませんか？　こういったお金をかけた豪華な物に惑わされず、自身の感覚を臆さずに貴族相手に伝えることは中々簡単ではありませんよ」

まるで名探偵にでもなったかのように確信をもってフィオールがそんなことを言った。

それに首を傾げつつ、否定の言葉を口にする。

「いえ、私は山の中で育ちましたから。それこそ世捨て人のように外界との接触を極限まで絶ったエルフの魔術師と、二人きりで暮らしていましたよ」

苦笑交じりにそう答えると、フィオールは目を丸くして口元に手を当てた。

「まぁ、意外ですね。高度な教育を受けていらっしゃるものとばかり……それでは、そのエルフの方がとても高貴な方なのでしょうね。是非一度お会いしてみたいです」

と、フィオールは楽しそうに話を続ける。

どうやら、密かに情報収集をしているようだ。フィオールのこれまでの態度や雰囲気から、そんな意図には全く気が付けなかった。

まぁ、隠しているわけでもないので問題ないが。

「どうでしょうか。その人は私の育ての親であり師匠でもありますが、高貴な雰囲気はあまり感じたこともありませんが」

「お名前を伺っても？」

「オーウェン・ミラーズです」

そう答えると、フィオールがラムゼイの方をちらりと見た。

しかし、ラムゼイはキョトンとした表情を見せている。

それに軽く息を吐き、フィオールは再度こちらに振り向いた。

「……申し訳ありません。浅学で……」

「いえ、本当に気にしておりません。本人も、特に他者に知られたいとは思っていないでしょうし」

そんな会話をしていると、先ほどのウェイターがウェイトレスを二人連れて戻って来た。

薄っすら赤みがかった果実酒と肉料理、スープの組み合わせだ。最初からメイン料理みたいなものが出てきたが、ラムゼイの注文だろうか？

「決まった時間に新しい料理をお持ちします。その間、この部屋の周りには誰も立たせません。どうぞ、ゆっくり会話をお楽しみください」

「ありがとうございます」

ウェイターにそう答えると、深々とお辞儀をして去っていった。

「……この店が高級料理店として有名になった理由が少し分かりましたね。さて、それでは本題に入りましょうか」

苦笑しつつそう告げると、フェルターは面白くなさそうに息を吐いた。

「先に言っておくが、俺は別に仲の良い友人というわけではない。あまり、深い話は期待しないでもらおう」

「構いません。少しでも情報が欲しいのです」

フェルターの前置きに食い気味に返事をする。

それに溜め息を返しつつ、フェルターは語り出した。

第五章 ― 過去

元々、ソラレは友人が少ない少年だったようだ。グレンが魔術学院の学長をしているから、幼くしてフィディック学院に籍を置いていたらしいが、決まった友人はいなかったようである。

それでも、幼い時から最高の環境で魔術を学んできたソラレは子供達から一目置かれる存在だった。十歳にもならずに中級の魔術を習得した為、教員の誰もが将来は宮廷魔術師かフィディック学院の上級教員かと噂をしていた。

グレンから直接魔術を教えられることもあったようだ。十歳まで、ソラレは順調な魔術師としての道を歩んでいた。

しかし、中等部クラスに飛び級で進学して、状況がガラリと変わってしまった。

十歳で中等部クラスに入り、貴族出身の一部の生徒から虐めを受けるようになってしまったのだ。既に中等部クラスでもトップクラスの魔術を行使することが出来ていた為、直接的な虐めは受けなかったが、持ち物を捨てられるなどの陰湿な虐めを受けていたらしい。

その後、ソラレは二年も経たずに高等部クラスに飛び級することになる。しかし、そこではソラレ以上の魔術を使える年上の生徒達が多くいた為、虐めは中等部の時よりも激しいものへと変化してしまう。

ソラレがどんな気持ちで学院での日々を送っていたのかは分からないが、高等部に上がってから一年が経った頃、講義を受ける回数が目に見えて減っていったようだ。

そうして、ソラレが十四歳になって、殆どの人と会うことも無くなってしまった。講義にも顔を出さないどころか、学院内外でソラレの姿が消えたのである。

この異変には教員だけでなく、これまで静観していた生徒達も気が付いた。

本人の実力だけじゃなく、グレン学長の孫であるという事実が原因だろう。

他にも毎年退学者や転校者は出ているのだが、ソラレに関してはその学長の孫であるという点が変に目立たせてしまった。

結果、ソラレの姿が見えなくなって実に半年以上も学院内でソラレの噂が流れ続けたらしい。

そんな時、フェルターはソラレと出会ったという。

「……学院の敷地の外れにある小さな池と古い東屋。周りは森のようになっていて、生徒も教師もまず立ち寄らない。俺は静かな場所を探してそこに辿り着いたが、先客がいた」

「それがソラレさんですか？」

「そうだ」

フェルターは頷いてから、果実酒を口にしようとする。

「あ、お酒はいけません。果実水にしてください」

「……ブッシュミルズでは十六歳以上で酒を呑めるぞ」

「私の生徒は二十歳以上でなければ許しません」

厳しくそう告げると、フェルターは無言で果実酒が入ったグラスをテーブルに起き直した。

その様子をラムゼイとフィオールが面白そうに見ているが、フェルターは一切そちらを見ずに溜め息を吐く。

「……まぁ良い。それで、ソラレのことは無視して東屋の外側で壁に寄りかかって過ごしていたんだが、一、二週間過ぎた頃、向こうから声を掛けてきたんだ」

「……よく一、二週間もお互い無言で過ごしたな」

フェルターの回想にラムゼイが呆れたような顔で呟く。それをジロリと睨みつつ、フェルターは話を続けた。

「ソラレは午前中は部屋に籠って魔術の知識を蓄えて、午後になってから講義で人が少ない学院内を移動していたらしい。東屋や池で魔術の発動を練習していたのだが、俺が来たせいで練習が出来ないと言っていたな。そこから、たまに会話をするようになった」

そう言って、フェルターはソラレとの会話を思い出しながら語る。

「ソラレは自分の噂を何処かで耳にしていたようだ。どんなことを言われているのか知って、より人と会うのが億劫になったと言っていた」

結局、この世界でも出る杭は打たれるということなのか。

そんなことを考えていると、フェルターは難しい顔で遠い目をした。

「……それでも、その時はまだソラレも笑うことがあった。人に会うのが嫌なのは今と同じだが、まだそれほど深刻ではなかったと思う」

「……それが、今は違うのですか？」

聞き返すと、フェルターは僅かに肩を落とした。

「ある日、いつものように東屋に向かったら、そこには何もなくなっていた。東屋も池も何もかも、だ」

「……どういうことですか？」

意味が分からず首を傾げる。すると、フェルターは腕を組んで唸る。

「ソラレがそこで魔術の練習をしていることが高等部クラスの奴にバレたんだ。何が気に入らないのか、あいつらはソラレの居場所を無くそうとした。結果、東屋も壊されて池も土の魔術で埋められた」

「……誰ですか。そんな酷いことをした人は」

思わず、怒気が声に籠る。

それにフェルターは鼻を鳴らして答えた。

「もうそいつらには俺が罰を与えた。中等部クラスの俺一人に三人がかりで負けたからな。その後一ヶ月もしない内に国に逃げ帰ったぞ」

「……少しやり過ぎな気もしますが、なんとなくスッキリしました」

教師としては不良生徒に更生の機会が与えられなかったことを嘆くべきだろうが、ソラレの気持ちを思うとこれで良かったような気もしてくる。

もし誰か分かれば、後で直接私が出向き、更生の為のお手伝いをしてあげるべきだろうか。

「結局、それからソラレの姿は見ていない。その一件で本当に人間嫌いになったのかもしれないな」

　肩を竦めて、フェルターはそう呟いた。

「……なるほど。虐めっ子の有無ではなく、すでに人間不信になっているということですね。それに対して、グレン学長は何かしたのでしょうか？」

「それは知らん。ソラレの口からも学長の名前が出たことはない」

「そうですか」

　返事をして黙ると、室内に静かな時間が流れた。

「失礼します」

　そこへ、ノックと共に食事が運ばれてきた。

　合間合間で料理はきていたが、もうそろそろ最後の料理だろうか。美味しそうなフルーツの盛り合わせが出てきた。何となく、コース料理ならデザートは最後のイメージだ。

　そう思って自分の前に置かれたフルーツを眺めていると、フィオールが困ったように笑った。

「あら、まだ果物ですね。もうお腹がいっぱいで……」

「ふん。まだまだ足りんから丁度良い」

　フィオールの言葉を聞いて、私は目を丸くして顔を上げる。

「まだ料理が来るんですか？」

驚いて尋ねると、フィオールが笑いながら頷いた。

「コート・ハイランドのフルコース料理といえば、十五種類が一般的です。コースの真ん中で果物が出てくるのも特徴ですね」

「うむ。この後、魚料理が出て野菜、肉料理と続いていくのが普通だ。最後に揚げたパンを使った料理が出るのもコート・ハイランドの特徴だな」

「……かなり胃に重い内容ですね」

フィオールとラムゼイの解説を聞き、自らの眉間に皺が寄るのを感じた。

料理は一つ一つがとても美味しいのだが、やはり庶民の私にはグレノラの手料理や、いつもストラスやエライザと食べに行く飲食店の方が性に合っているようだ。

いや、別にグレノラの手料理が庶民的という話ではないが。

と、心の中でグレノラに弁明していると、ラムゼイが腕を組んで顔を上げた。

「さて、腹もそこそこ膨れてきたところだ。込み入った話をするとしよう」

「そこそこ……？」

どうしても気になった言葉がでてきて思わず復唱する。しかし、ラムゼイは気にせずに話を続けた。

「こちらも伝え聞いた話でしかないが、ソラレが虐めを受けた原因の中に、グレン殿の存在があると聞いたことがある」

「グレン学長が？」

ラムゼイの言葉に驚いて顔を上げる。これにはフェルターも興味深そうに視線を送っていた。

ラムゼイは皆の視線を受け止めながら、軽く酒で喉を潤す。

「……ふぅ。グレン殿はハーフエルフで、純血のエルフの王国で生まれ育った。そこら辺の話はミドルトンに聞いたか？」

「はい、それは聞いています」

「そうか……エルフ達にとって、ハーフエルフは自分達より劣った存在であるという認識がある。いや、そういう意識を持つエルフが一部にいる、というべきか。まぁ、基本的に自分の生まれ育った場所から出ない引きこもりばかりだからな。エルフ達には独特な常識が備わっていると思った方が良い」

そう前置きしてから、ラムゼイは目を細めた。

「だが、そんなエルフの中にも、たまに変わり者がいるものだ。二十歳を超えて、人間の国に興味を持つエルフがな。エルフは魔術の扱いに長けた奴らが多い。だからか、フィディック学院にも何人かエルフの学生がいたのだ」

「え？　エルフの学生ですか？」

目を瞬かせて、ラムゼイの顔を見る。

すると、ラムゼイは鼻を鳴らして片手を挙げた。

「まぁ、待て……そういったエルフの学生が何人かいたことがある、という話だ。その時は魔術に自信のあるエルフの学生が、人間の国で最も有名な魔術学院だったフィディック学院に入学していたようだ。そうして、自分の実力を試している中、自分達が馬鹿にしていたハーフエルフの孫が在籍していることが分かった。それがソラレだ」

その説明に、私は成程と頷く。

「先ほどのフェルター君のお話と繋がりますね。つまり、その方々がソラレ君を虐めていたという……」

そう答えると、フェルターが口を開いた。

「……エルフの話は聞いていない。学院をやめたのは、その当時有名だった高等部クラスの奴らだったが、エルフではなかったはずだ」

「そうなのですか？」

伝え聞いた話と、本人から直接聞いた話。

どちらを信じるのかと問われれば本人が口にした話だろう。

しかし、上級貴族のラムゼイが耳にした噂との齟齬《そご》も気になる。

何か、理由があってフェルターには話せなかったのかもしれない。

「……それについて、グレン学長に尋ねても大丈夫でしょうか？」

一応、そう聞いてみると、ラムゼイとフィオールが目を丸くした。

「……中々聞き難いところだとは思うがな」

「どうでしょう……」

二人が言葉を濁す中、フェルターは腕を組んで首を左右に振る。

「自分の孫の為に動こうとしているのだから、協力するだろう」

フェルターがそう口にすると、フィオールが困ったような顔になった。

「フェルター……そう簡単には考えられないこともあるのですよ？」

フィオールはそう口にしたが、フェルターは肩を竦める。

「学長なら問題ないと思うがな」

その言葉を聞き、私も頷く。

「そうですよね。グレン学長なら多分大丈夫だと思います」

二人でそんなやり取りをしていると、ラムゼイとフィオールが顔を見合わせた。

フィオールは心配そうにこちらを振り返り、ラムゼイは吹き出すように笑う。

「……まぁ、やってみたら良いだろう。もし、フィディック学院に居辛くなったらブッシュミルズに来るが良い。必ず宮廷魔術師長クラスで歓迎しよう。それこそ、ケアン侯爵家の総力をもってアオイ魔術学院を作っても良いぞ」

「……その名称はご遠慮願いたいのですが」

ラムゼイの提案に、私は何とも気恥ずかしい気持ちで訂正を願いでたのだった。

【ＳＩＤＥ：グレン】

今年の文化祭は素晴らしいの一言だった。

準備期間が短かったにも拘わらず、教員達の発表も中々考えられていた。

なにより、生徒達の発表が上級教員の発表を超えるほどの出来だった。フィディック学院だけでなく、どの国の魔術学院でもあれほどの発表をした生徒達はいないだろう。

それらは全てアオイのお陰である。普通の魔術師であれば、オリジナル魔術は何年もかけて開発するものであり、安易に誰かに教えるようなことはない。

場合によってはその魔術一つで宮廷魔術師になれることもあるのだから当たり前だろう。人よりも優れていることを証明する方法として、己しか使えない魔術があるということも手段の一つである。

だからこそ、自分で開発したオリジナル魔術を生徒達に教える教員は非常に珍しい。

何故、そんなことを出来るのかといえば、アオイに功名心が無いことが一番の理由だろう。

そして、純粋に生徒達に魔術を教えようとしていることも一つの要因だ。

教員としても素晴らしい精神を持っており、更に実力も他の追随を許さないほどのものである。

それはアオイの発表を見た人々全員が感じたことだろう。なにせ、この学院の長である自分自身ですら、あの美しい魔術を見て感動し、言葉を失ってしまった。

魔術には、あんなことが出来たのか。あんな使い方があったのか。恥ずかしいことに、この年齢になってそんなことに気付かされてしまったのだ。

だから、発表が終わって皆に囲まれているアオイの下に行き、感動したことを直接伝えたかった。

だが、何故か聞こえてきたのは孫であるソラレの名だった。

近くには各国から訪れた重鎮達がいる。恐らく、彼らの誰かが生徒達の発表を見てソラレの事を思い出したのだろう。

何故かは分からないが、ソラレのことをアオイに知られたくなかった。

恥ずかしいというわけではなく、後ろめたい気持ちに近い感情である。

だから、すぐにその場を立ち去ったのだ。一人で考える時間が欲しい。そう思った。

文化祭が終わってから、二日三日ほどでウィンターバレーも静かになる。学院も同様だ。文化祭の為に集まった人々も、それぞれの生活に戻っていく。

学長室の窓から、陽が落ちてもまだまだ賑やかなウィンターバレーの街並みを眺めた。

夜空には雲一つなく、星々が夜空を彩っている。それに対抗するかのように、ウィンターバレーの夜もいたるところで灯りが揺れており、美しい夜の街の姿を作り上げていた。

文化祭の最終日の夜に相応《ふさわ》しい祭りの景色である。

僅かに冷えた風が肌に触れるが、あの灯りの中で騒いでいる者達にとっては、心地よい程度にしか感じられないだろう。

しかし、今の自分には冷た過ぎた。

窓を閉めて、カーテンで夜のウィンターバレーの景色を遮る。

長年愛用しているソファーに腰を下ろして、深く息を吐いた。

軽く右手の人差し指を振り、火の魔術を発動する。

ふわりと小さな火の粉が部屋の中を漂い流れ、暖炉に火を点ける。

続けて簡単な風の魔術を使えば、暖炉はすぐに部屋の中を暖めはじめた。

一小節の詠唱と、魔術名による魔術の発現。

これは、通常ならば最小限の魔術の行使となる。これを上級魔術以上で出来る者は、どの国に行っても宮廷魔術師相当の待遇で迎えられるだろう。魔術学院であれば上級教員である。

だが、アオイはその一小節の詠唱すら省略し、様々な魔術を瞬く間に発動していく。

それも、全ての属性でオリジナル魔術を開発しているのだ。

そんな人物はエルフの国であっても存在しないだろうと思う。

そこまで考えて、不意にエルフの王国での記憶が呼び起こされてしまい、陰鬱な気持ちとなる。

遠く離れた地に移り住んでも、どれだけ魔術師として実力をつけて自信という名の壁を築き上げたとしても、ハーフエルフであるという事実からは逃れられない。

ソラレが姿を隠してしまったこととの原因の一つがそれであることが、とても悲しく悔しい。

そして、ハーフエルフであるという負い目を振り払えない自分自身が腹立たしい。

ぱちぱちと音を立てて揺れる暖炉の火を眺めて、目を細めた。

「……オーウェン。わしはまだまだ何も変わっておらんようだ。いまだ、弱いハーフエルフの小僧の頃から成長しておらん」

そう呟き、瞼を閉じた。

◇

気が付けば、カーテンの隙間から陽が差し込み始めていた。

どうやら、もう朝になっていたらしい。

自身の未熟さに失望しつつ、ソファーから腰を上げて立ち上がった。

顔を洗って頭を働かせよう。

そう思った矢先、外から扉をノックする音が響く。

「おはようございます。アオイです」

その声を聞いて、思わず顔を顰《しか》めてしまったことを自覚した。

情けないことだが、今一番会いたくない人物である。

「……困ったぞ。どんな顔をして会ったものじゃろうな」

溜め息を吐きながら、頭を片手で掻く。そういえば、昨晩は湯を浴びることもなかった。そんなことを考えながら上着だけでもと、慌てて着替える。

「入りますよ」

「ちょ、ちょっと待ってくれぃ！」

アオイの言葉に思わず待ったをかける。アオイの場合、返事をしないと本当に無理やり開けてしまいそうだ。

最悪の事態を回避するために、急いで扉の前へ移動した。

「な、なんの用かの？」

恐る恐る扉越しに尋ねると、アオイは躊躇うことなく答えた。

「学長のお孫さんについて、聞きたいことがあります。言い難いこともあるかもしれませんが……」

「……帰ってくれんか」

我慢が出来なかった。

アオイのことだから、安易にソラレについて踏み込んできたわけではないだろう。

しかし、そう思ったとしても、到底話せそうにない。

それほど、ソラレのことは繊細な……。

「帰ることは出来ませんので、こちらから開けさせていただいてもよろしいでしょうか？」

「なんでじゃ!?」

帰ることは出来るじゃろ。

驚愕のあまり返事をしてしまった。帰ってくれと言っておるのに、なぜ引き下がらないのか。

困惑していると、アオイが再度扉をノックしてきた。

「本当に申し訳ありませんが、開けていただきたいのです」

「い、いや、せめて明日にしてもらいたいのじゃが……」

「善は急げといいます。まずは行動あるのみです」

「善……これは善い行いなのだろうか……」

全く引く様子を見せないアオイに恐怖すら感じる。

これはどうしようもない。アオイの力強さに屈してしまい、扉を開放する。

開けると、目の前にはこちらを真っすぐ見上げるアオイの姿があった。

一点の曇りもない眼を見下ろして、深く溜め息を吐く。

「……入って良いぞい」

「ありがとうございます」

渋々入室許可を出したのだが、アオイはさっさと礼を言って中に入って来た。

「そこに座ってくれ」

「はい。失礼します」

丁寧な返事なのに、どうしてか圧力を感じる。まるで威圧をされているかのような気持ちになりながら、対面する形でソファーに腰掛けた。

アオイは背筋を伸ばし、自らの膝に両手を置いてこちらを見ている。

「……せめて、紅茶でも淹れようかの」

「ありがとうございます」

座ったまま深々と頭を下げて礼を言うアオイに苦笑を返しつつ、水と火の魔術で簡単に紅茶を淹れた。

ふわりと紅茶の良い香りが室内に広がる。心が落ち着く良い香りだ。

だが、何故だろうか。正面に座るアオイのカップに紅茶を注ぐ間、まるで死刑執行を待つ囚人のような気持ちになってしまった。

重苦しい気持ちをそのままに、座りなれたソファーへ腰を下ろす。

「……お気に入りの銘柄での。口に合うと良いが」

「いただきます」

そう言って、アオイはカップを手に取って淹れたての紅茶を口に含む。人が飲んでいるのを見ているだけなのに、飲みなれた紅茶の味が口の中で広がった気がした。

さっそく自分の分も飲んでみよう。そう思って、目の前にあるカップを手にして口に運んだ。熱さと同時に少し甘い香りが鼻を抜ける。うむ、ホッとする。

「……最後の晩餐、かの」

「これは晩餐ではなくティータイムでは？」

「……うむ、そうじゃの」

若干不安になるような会話をしつつ、二人で紅茶を楽しんだ。

すると、アオイも少し表情を緩めてくれたように思う。

「……確かに、美味しいです。フルーツティーに近い味ですね。香りはアッサムティーに似ています」

「ほう、気に入ってくれたかね」

アオイの反応を見て、胸を撫で下ろしながらそう答える。

それに頷きつつ、アオイは目を細めた。

「……それでは、本題に入らせていただきます」

「やはり、本題はあるのか」

溜め息混じりにそう聞き返すと、アオイは深く頷いた。

「かなり触れ辛い話ですが、お孫さんについてお聞かせください」

「……触れ辛いというわりに堂々と聞いてくるのう」

いつものアオイである。その威風堂々たる態度に苦笑しつつ、肩を落とした。

「……それで、ソラレについて聞いて、どうするつもりなのかね？」

【ＳＩＤＥ：アオイ】

グレンはまるで探偵に証拠を突きつけられた犯人のように肩を落とし、暗い表情で口を開いた。

てっきりプライベートな部分に踏み込んだことを怒られるかと思ったのだが、よほどソラレのことが心配なようだ。

意気消沈した様子ながら、訥々《とつとつ》とソラレと自分の過去について語り出した。

「ソラレについてよりも先に、まずはわしの過去を教えよう……あれは、わしがまだ五歳の頃じゃったか……」

「あ、申し訳ありませんが、学長の過去は少し短めにお願いいたします」

「Oh……」

エルフの昔話は長くなる。

オーウェンで学んだことをきちんと活かさなければならない。

「……では、かいつまんで話をさせていただこう」

「ありがとうございます」

そんなやり取りをして、グレンは改めて過去を語りだした。

「エルフの国。一応、エルフの王国、アクア・ヴィーテという名を名乗っておるが、小国として数えることもないほどの小さな国じゃ。そこには殆ど純血のエルフしか住んでおらん。そこに、わしはエルフと人間のハーフエルフとして生まれた」

アクア・ヴィーテ。その名前はオーウェンから聞いたことがあった。

あまり良い思い出がないのか、オーウェンは多くは語らなかったが、グレンにとってもそうであるようだ。

「エルフは血が弱く、他の種族のものと交わる度にエルフの血は極端に薄くなる。しかし、エルフは己の血を尊いものとし、純血であることを誇りにしているような種族じゃ。そんな中に、ハーフエルフであることを隠してわしは住んでおった。その時にはすでに人間の父は亡くなっておったからな。少しだけ耳の短いエルフと言えば何とか隠せたのじゃ」

そう呟いて、グレンは自分の耳を気にする素振りを見せた。

確かに、言われてみれば気付かない程度だが、耳がエルフにしては短い。

「それがバレてしまったのですか？」

尋ねると、グレンは浅く息を吐いて背中を丸めた。

「……母は、エルフとして高貴な生まれじゃったが、人間への偏見はなかった。いや、最初はあったようだが、父と出会ってそれが無くなったのかの。常々、わしに父との思い出を語っていたよ。最高の男性であり、素晴らしい人格者だった、と……誰にも話すなと言われていたが、幼いわしにとって会ったことのない父は誇るべき存在じゃった」

懐かしそうにそう口にして、目を細める。

「だから、周りのエルフの子らが人間を悪し様に言うことに耐えられなかったんじゃ」

グレンはそれだけ口にして、表情を歪めた。

「人間にも素晴らしい者がおると口にしてしまった。それが切っ掛けで口論になり、気が付けば自分の父が人間であることを話してしまっていた……」

その一件で、グレンは母が自分の家の者達によって半ば幽閉のような状況に追いやられ、自身も国を追い出されたことを語った。

「エルフの貴族の子女が、人間と子を生した……それが隠さなければならないほどの恥だったんじゃろうな。わしは殺されるかどうかという状況になり、母が過ちを認めて大人しく幽閉されることを条件に追放という温情を得た」

「温情、ですか」

グレンの言葉に納得できずに呟く。

それに肩を竦めて、グレンは話を続ける。

「僅かな旅費を持って、わしは最も近くの人間の街に辿り着いた。じゃが、当時はまだエルフの国しか知らない十歳ほどの子供じゃからな。すぐに騙されて奴隷として売られそうになった。そこを助けてくれたのが、オーウェンじゃ」

「オーウェンが？」

突然、師の名前が出て驚く。

「うむ。オーウェンもわしと同じような年齢じゃったが、家族と共にその街に住んでおった。わしよりも遥かに人間の世界に詳しかったんじゃよ。あれの父親も変わり者でな。世界中を見て回りたいとか言って若い頃に冒険者になって旅をしていたようじゃ」

初めて聞くオーウェンの幼い頃の話に、別の興味が湧く。色々と聞いてみたいことが増えたが、それはまたの機会にしなくてはいけない。

姿勢を正してグレンの目を見ると、苦笑しながらグレンが頷いた。

「それから数年はその街で過ごした。オーウェンとも仲良くなり、わしが受けた扱いに憤慨してくれたんじゃ。その頃から魔術に熱中しておったオーウェンは、わしに魔術を教えようと言ってくれた。オーウェンは長年の冒険で培った父の魔術をしっかりと受け継いでおり、卓越した魔術師となっていたからの。エルフの国で伝統的な魔術を習っていただけのわしとは知識も技術も違ったわい」

それがグレンの魔術師としての一歩になったのか。そう思って聞いていると、グレンが眉根を寄せる。

「お互いが二十歳になった頃か。オーウェンはエルフの国の魔術を研究してくると言い出した。わしが反対しても一度決めたことは必ず実行する男じゃからな。全く聞く耳を持たんかった。仕方なく、わしも自分の道を探して旅に出ることにしたんじゃ。そこから色々と諸国を回り、最終的に仕官を募集していたヴァーテッド王国に落ち着いたのじゃ」

「仕官ですか？　教員ではなく？」

「そうじゃよ。最初は自分が誰かに教えるなんて考えもしなかったからの。なにせ、エルフの恥と追放された身じゃ。そんな存在が、誰かにものを教えるなどとてもじゃないが考えられん」

　自嘲気味に笑いながら、グレンはそう言った。

「それから魔術師団の見習いから宮廷魔術師に推挙されて、陛下の目に留まることになったのじゃが、何故か顧問魔術師をやれと言われての。人間の国に雇われるエルフは珍しかったからか、陛下はヴァーテッド王国の魔術について色々と意見を尋ねてきたわい。ああ、当時はミドルトン陛下ではなく、先代の国王じゃぞ？」

「なるほど。それにしても、波乱万丈の人生ですね」

「落ち着くまでは色々とあったものじゃ。とはいえ、ヴァーテッド王国に来たおかげでこうして立派な居を構えることが出来て、魔術師としての地位や名誉も得ることが出来たんじゃ。エルフの恥と言われたわしが、今や世界最高峰の魔術学院の学長じゃからな。すごいじゃろう」

「はい」

　胸を張って自慢する様子に微笑みつつ、首肯する。

　だが、グレンの空元気もそこまでだった。

「……フィディック学院を作るという話が出た頃、わしは宮廷魔術師だった妻と婚姻し、子が生まれた。その子はエルフの血を殆ど受け継がなかったが、魔術は得意じゃった。楽しそうに魔術を勉強する我が子に、わしは各国の魔術を教えた。そうすると、大人になる頃には他の国のことも気になるようになっていったのじゃ」

グレンの言葉に深く頷いて同意を示す。

詠唱の文言にしてもそうだが、それぞれの国ごとに魔術の形態が変化している。エルフの魔術は遥か昔から変わっていないのかもしれないが、人間の国ではそれぞれ年月を経るごとに変化していっているのだろう。

そうなってくると、魔術の起源はなにか気になるのが魔術師というものだろう。

少なくとも、今の話を聞いただけで私は太古の魔術や原始の魔術というものがどういったものか、気になってしまう。

「……それでは、お子さんは冒険者になったのですか？」

尋ねると、グレンは残念そうに頷いた。

「そうじゃ。わしも考えが浅かったのじゃが、自分やオーウェンの家族が無事に世界各国を旅したことから、安易に許可を出してしまった……それで、我が子が命を落としてしまうとは思わずに、のぉ」

◇

グレンは沈痛な面持ちでどこか遠くを見る。

さすがに、子が亡くなったという話は深く聞くのを躊躇ってしまう。

しかし、グレンはそんな私の心を見透かしたようにゆっくりと語りだした。

「よほど冒険者稼業が性に合ったのじゃろうな。息子は時折しか帰って来なかった……最後には妻と子を残して遠い地で先に逝ってしまったんじゃ。相当に過酷な冒険だったようでな。息子の嫁も幼いソラレを連れてこの街に辿り着き、数年で亡くなってしまった」

「……そんなことがあったのですね」

あまりにも辛い過去を聞き、なんと声をかけて良いかわからない。

一言だけ相槌のような返事をして、しばらく沈黙が流れた。

すると、グレンが困ったように微笑みながら、軽い溜め息を吐く。

「もう過去のことじゃよ。息子は思い切り人生を楽しんでいたと聞いておるしの。じゃが、問題は残されたソラレじゃ」

そう前置きして、グレンは紅茶を一口すすった。

「……ソラレは大人しい子でな。早くから両親がいなかったせいか、引っ込み思案な性格なんじゃ。自分から他人に話しかけることが出来ず、意見を求められても上手く返事をすることが出来ないようなところがある」

「私と似ていますね」

ソラレの性格を聞き、気持ちは良くわかると感じて同意する。

日本で教師をしていた頃、赴任したばかりの頃はそんな感じだった。

しかし、グレンは信じられないものを見るような目でこちらを見てきた。

「……今は冗談を言う雰囲気ではないはずじゃがの」

「え？」

「……いや、なんでもないぞい」

言っている言葉の意味が分からずに首を傾げていると、グレンは一人で納得して話に戻る。

「まぁ、ソラレはアオイ君とは少し違うタイプの物凄く大人しい性格なのじゃよ。そんな性格が影響してか、友人はあまりおらんかった。じゃが、息子と同じく魔術の勉強は好きでの。わしもソラレが前向きな性格になれるように、魔術の勉強を手伝ったりしたものじゃ。自分に自信を持てれば心も強くなるからの」

と、グレンは口にした。おそらく、自身の経験からの言葉だろう。

「なるほど。それで、ソラレ君はどれほどの実力に？」

気になって尋ねると、グレンは頷いて笑みを浮かべた。

「真面目で努力家じゃからな。上級魔術も詠唱を短縮できるまでになったぞい。中級の魔術までなら二、三小節で発動が出来る。十四歳で高等部クラスの上位に入れるまでになったのじゃよ」

自慢げにグレンが答える。

余程嬉しかったのか、孫を自慢する祖父の顔になっていた。

「それは素晴らしいですね。それほどの実力があれば、虐められないと思いますが……」

そう口にすると、グレンは眉間に深い皺を作った。

「それが、そうもいかんかった。自信を持ち始めたのは間違いないが、中等部、高等部とクラスが上がる度に、年上の子らに目を付けられるようになってしまったのじゃ……わしは、その度に誰よりも魔術が上手くなれば皆が認めてくれると言い続けた。負けるなと励まし続けたんじゃ。しかし、それがソラレの負担になってしまっていたようじゃ……」

グッと何かを堪えるように、グレンは顔を顰めて俯く。

まるで体が小さくなってしまったかのように背中を丸めてしまった。

「……あまりに酷い行いをする者は、わしが直接説教をした。時にはその親である貴族の当主に書状を出したこともある。何とか、ソラレを守ろうと手を尽くしたのじゃ。しかし、ソラレはもう自室に引きこもって出てこなくなっておった」

深い後悔の念。それが滲むグレンの言葉に頷いて答える。

「ソラレ君は、唯一の家族であるお祖父さんの教えを守り、必死に魔術の勉強をしたのでしょう。それでも、虐めは無くならなかった……実力が上の年上の先輩から酷い虐めを受けたなら、深い心の傷を負っていたはずです」

「う、うむ……わしは、ひたむきに努力を続けているソラレを見て、皆が感銘を受けると思うておった。大丈夫だと信じていたんじゃ。しかし、それだけではダメじゃった……わしは、いつも間違えてばかりじゃ。年月ばかり過ぎたのに、エルフの国を追い出された時から、何も成長しておらんかった」

ソラレの気持ちを想像し、グレンは深い悲しみに包まれてしまった。

ソラレが引きこもったことによって、グレンも自信を喪失してしまったようだ。だから、ソラレをどうやって救済すれば良いのか、判断できなくなっているのだろう。

「……大丈夫ですよ、グレン学長。まだ間に合います」

そう告げると、グレンは目を開いて顔を上げた。

「そんな簡単に……いくらアオイ君でも人の心というのはじゃな……」

不安そうにグレンが否定的な言葉を口にするが、それを真正面から受け止めて、頷く。

「大丈夫です。引きこもる時間が長くなればなるほど、戻り辛くなってしまいます。どうにかして外に出てもらうことが大切です」

そう告げると、グレンはぐっと顎を引いた。

「ほ、本当かの？　ソラレを助けることは出来るのじゃろうか」

縋るような目で見てくるグレンに深く頷き、口を開く。

「お任せください。ソラレ君に必要だったのは広く浅い魔術の知識ではありません。どんな生徒も

手を出せないと思わせる攻撃力の高い魔術を覚えることだったのです」

「ん?」

私が出した答えに、グレンは目を丸くして固まった。

聞こえなかったのだろうか。

「ご安心ください。ソラレ君は必ず以前のように学院に通えるようになります。私が何とかしてみせます」

力強く、グレンにそう宣言して立ち上がる。

こうしてはいられない。一刻も早く、ソラレと話をしなくてはならない。

「学長。ソラレ君はどちらにいますか?」

そう尋ねると、グレンは顔面蒼白で口を何度か開閉させたのだった。

第六章　ソラレ

学院の校舎は広く、研究棟なども加えると建物の数も多い。中庭も校内に幾つもあり、一つ一つが広く作られている。実験場としての広場や施設もある為、学院にずっと学生として通っているのに行ったことの無い場所が多いなんて生徒もいるくらいだ。

その学院内で、グレンは校舎の上の階層に住んでいる。校舎内に生徒達用の食堂や売店もある為、特に用事が無ければ学院外に出ずに生活することが可能だ。

それはソラレも同様である。幼い頃に両親を亡くしたソラレは、グレンが面倒を見る為にずっと学院の校舎内に自室があり、そこで生活をしてきた。

校舎の北側。図書室や魔術具倉庫、一部研究室などがある場所の三階にソラレの部屋はある。

「……中等部に上がる前はわしと一緒に暮らしておったんじゃが、魔術の勉強がしやすいように図書室と研究室の傍にあった居室をソラレに譲ったのじゃ。元々は住み込みで働く図書室と魔術具の管理人用じゃったが、管理人は結婚してウィンターバレーの方から毎日来るようになったから、部屋が空いておったというのも大きな理由じゃな」

グレンに教えてもらい、一礼を返す。

「ありがとうございます。早速行ってみます」

「ちょ、ちょっと待ってくれ！　わ、わしも行くぞい！」

場所は分かったので案内は必要ないのだが、やはり孫が心配なのだろう。

グレンは慌てた様子で立ち上がった。

「そうですね。一緒に向かいましょう」

同意すると、グレンは眉をハの字にして浅く頷いた。

◇

校舎の中でも、北側は生徒の数が少ないエリアとなる。図書室は広く作られている分、北側の出入口をわざわざ利用する人が少なく、その更に奥の各倉庫には教員くらいしか入ってこないからだ。ちなみに、教員も殆どが研究に必要な道具は自分の研究室に置いているので、魔術具倉庫を利用する人物も限られてくる。

そういった状況もあり、ソラレはほぼ誰にも見られずに生活を送っていたようだ。

「……ここですか？」

「うむ」

小さな、木の扉だ。片開きのその扉を見て、グレンは心配そうな顔をした。

わずかに、扉の向こうから人の気配は感じる。椅子に座って居眠りでもしているかのように、ほんのわずかな気配だけだ。

「失礼します」

グレンにそう言ってから、扉を片手でノックする。軽い音が響いた。

扉が開けられる様子は感じられない。

もう一度だけノックしてみたが、同じ反応だ。

だが、扉の向こうの気配は少し強くなったように思う。

「……グレン学長？」

無理やり開けても良いか、そう目で訴える。

すると、グレン学長が慌てて前に出てきた。

「ソ、ソラレ……開けてくれんか？」

グレンが名を呼びながら、もう一度ノックする。

それには少し反応があったが、やはり返答はなかった。

「開けさせていただきます」

「ちょ、ちょっと待って……！」

グレンが待てと言ってくるが、それは聞かなかったことにする。

直接の生徒ではないが、地球での教員時代に引きこもりの生徒の家に家庭訪問した同僚の話を聞いたことがある。何度も何度も根気よく尋ねて話しかけてきたが、結局通信制の高校へと転校してしまったという。同僚は、もっと早く手を尽くしていれば、と後悔を口にしていた。

つまり、引きこもってしまった生徒への対応は早さが大事に違いない。そういったことの経験はないが、同僚の話を聞く限りでは熱意と早さ、そして何より教員の行動が大事なのだ。

「解錠《オープン》」

魔力を指先に集めて細く伸ばし、扉に触れて一言魔術名を呟いた。

土の魔術の一種だが、粘土のように形状を変えて鍵の形を把握し、鍵を開けることが出来る。

鍵が開けられたことが分かったのか、扉の向こう側で人の動く気配があった。

「失礼します。フィディック学院の教員をしている、アオイ・コーノミナトです」

そう言って、もう一度ノックをする。すると、今度は向こう側から扉が開かれた。

わずかな隙間だが、それでも確かにソラレが扉を開いたのだ。

内心ホッとしつつ、隙間から顔を出す小柄な少年の顔を見た。

確かに、ずいぶんと整った顔立ちだがエルフらしさはない。暗い青の髪に黒い目、肌の色も透き通るような透明さはなかった。

少年は怯えたように眉根を寄せて、体を小さくして扉の陰に隠れている。

十六歳と聞いたが、中学生にしか見えない小柄さだ。この少年がソラレか。

「……え？　あ、アオイ先生って……貴女が？」

何故か驚いた様子を見せるソラレ。それに首を傾げつつ、会釈をした。

「初めまして。アオイ・コーノミナトです。私のことを知っているのですか？」

そう尋ねると、ソラレは不安そうな顔で更に小さくなってしまった。

「……少しお話をしたいと思って来ました。部屋に入っても良いですか？」

◇

部屋に入ると、そこは思っていた以上に綺麗で片付いていた。

壁には小さな窓があり、ベッドと机、椅子、ソファー。あとはクローゼットや本棚があるくらいだ。本棚には魔術の本が並んでおり、それ以外は見当たらない。

そんな部屋の中で、ソラレは所在なげにベッドの前に立っている。

白っぽいローブのような服装だが、ソラレが着て立っていると子供の寝間着に見えなくもない。

「……座っても良いかの？」

遠慮がちにグレンがそう尋ねると、ソラレは椅子とソファを両手の手のひらで指示した。どうぞ、ということだろう。

ソファーにグレンが座り、私は椅子に腰を下ろす。ソラレはベッドに腰かけた。

一瞬、室内が静寂に包まれて、ソラレが不安そうな顔になる。

怯えた様子で私とグレンを交互に見るソラレに、思わずといった調子でグレンが口を開いた。

「ソラレ……今日はアオイ先生が、話を聞かせてほしいと言ってな。とても良い先生なんじゃ。少しだけ、話をしてみてくれんか」

グレンが頼み込むと、ソラレはこちらを横目で見た。そして、ゆっくりと口を開く。

「そ、その……ぼ、僕も、アオイ先生とは話をしてみたかったんだ。だ、だから、会っても良いかなって……」

「私ですか？」

首を傾げつつ聞き返すと、ソラレは軽く顎を引いた。

「あの、文化祭の発表、アオイ先生なんでしょ……？」

俯きがちながら、ソラレは目を輝かせてそう口にする。

どうやら、どこかで文化祭の発表を見ていたらしい。

「発表を見ていたのですね。よく、私の発表だと分かりましたね。そもそも、私はソラレ君と会ったこともないと思っていましたが……」

不思議な子だ。そう思って尋ねたのだが、ソラレはそっと微笑みを浮かべた。

小さく詠唱をして、魔術を発動する。

「……神の片目《プロヴィデンス》」

ソラレがそう呟いて目を瞑ると、魔力の流れが変わった。背後に魔力が集まる感覚を受けて振り向く。

そこには、殆ど透明の薄い水の膜があった。どういう原理なのか理解できないが、半円のその薄い水の膜がソラレの目と魔力でつながり、遠くの視界をまるでそこにあるかのように届けているようだ。

「……カメラ、とは違いますね。魔力を電気信号のように……つまり、疑似的に空中に自身の目を再現している、ということですか」

ソラレの魔術を分析して推測を口にする。それに、ソラレは目を瞬かせた。

「す、すごい……！　やっぱり、アオイ先生はすごいです……！　目がどうやって物事を映し出しているか、分かっているんですね！　僕は何年も研究し続けて、ようやくその仕組みを理解したのに……」

ソラレは興奮した様子で感嘆の声を上げた。

だが、驚くのはこちらの方だ。これまで、ただの一人もそんな魔術を作り上げた人はいなかった。科学の発展した日本で学んだ知識がある私は別として、唯一オーウェンだけが独創的なアイディアを元に魔術を開発していた。それでも、これほどのものではない。

これまでも理解が困難な魔術は多数あった。メイプルリーフの癒しの魔術も同様だ。

しかし、あれらは長い長い年月をかけて作り上げられた魔術の積み重ねであり、詠唱という分野の研究の賜物である。

暗い闇を手探りで探索し続けて、偶然発見できた魔術であるといっても良い。

対して、ソラレの魔術の開発は違う。私と同じような着眼点から、科学的に魔術を研究している。

それも、地球の知識などない状態で。

異質の天才だ。

私には、ソラレの才能をそう表現するしかなかった。

「ぼ、僕も色んな魔術を見てきたし、自分なりに勉強してきたんだけど、アオイ先生の魔術は全然違ったんだ。その、良い意味で普通じゃないというか……窓の外からで、音も聞こえないからまだ覚えることは出来てないんだけど、アオイ先生の魔術は考え方も組み立て方も違っていて……」

興奮気味に魔術について語るソラレをぼんやりと眺めて、頷く。

「それが分かるだけでとても凄いことです。魔術の才能もそうですが、何より発想力が素晴らしいです。私こそ、色々と魔術について話をしたいと思いました。しかし、それよりも先に今の魔術について聞きたいことが……」

「え？　な、なんでしょう？」

ソラレは私の言葉を聞いて目を瞬かせて小首を傾げた。

それに頷き、真剣な表情でソラレの顔を見返す。

「……その魔術、いやらしい使い方はしていませんよね？」

そう確認すると、ソラレは魔術を解除して仰《の》け反《ぞ》った。

「そ⁉　そ、そんな使い方……っ！　してません……！」

顔を真っ赤にして首を左右に大きく振るソラレ。

どうだろうか。異性が気になる年齢だとは思うが、顔どころか耳まで真っ赤にしている様子を見る限り、覗きなどには使用していないのか。

「……ひとまず、疑惑までにしておきましょう」

「ほ、ほほ、本当に使ってません……！」

「慌てると怪しく見えてしまいますが……」

「なんですか!?」

真っ赤になったまま騒ぐソラレに、グレンは椅子に座ったまま唖然として固まっていた。

◇

話してみると、思ったよりも社交的な子だった。

おどおどした様子は見せているが、それでも自分の意見を口に出来ているのだから全く問題ない。

本当に何も喋れないというのなら長い時間が必要だっただろうが、これだけしっかり会話が出来るならすぐにでも講義を受講することが出来る。

私は安心してソラレに微笑みを向けた。

「魔術の講義なら、是非私の講義を受講してください。そうすれば、直接魔術を教えることも出来ます。私の講義を受講している生徒は皆良い子達ですよ」

そう告げると、ソラレの表情が凍り付いてしまった。

明らかに空気が重くなり、グレンの表情も変わる。

「……あ、アオイ先生。そ、その……僕は、講義は、受けません……」

身を固くして、はっきりと拒絶の意思を示すソラレ。

その固い表情と声には断固たる意志が窺えた。

「もし、気になる生徒、苦手な人がいたら教えてください。不安なら、講義の前に私が迎えに来ます。私の講義でしたら、常に目を配ることが出来ます。安心して講義を受けることが出来るはずです」

自信をもってそう告げたのだが、ソラレは何も言わず俯いてしまう。

「……何が、そんなに嫌なのでしょう」

そう尋ねるが、ソラレは答えない。無言のままベッドに腰かけて動きを止めたままだ。

すっかり心を閉ざしてしまった様子のソラレに、どう声をかければと頭を働かせる。

「……ソラレ君。一度だけでも良いのです。講義を受けてみてください。私が必ず守ってみせます」

再び説得を試みるが、ソラレは視線を合わせようとはしない。

「ソラレ、アオイ先生はとても良い先生だから、話だけでも聞いてみてくれ」

グレンが横から口を出すが、ソラレは小さく首を左右に振る。

まるで警戒するハリネズミのようだ。触れないでくれと態度に出している。

どうにか、糸口だけでも見つけられないかと思い、その後も魔術や科学的知識について話をしてみたが、全く反応が無かった。

「……今日のところは帰ります。もし、学院が嫌なのでしたら、お食事に街の方へ出てみましょう。検討してみてください」

仕方なく、そう言って立ち上がる。グレンも困ったように頭に手を当てながら腰を上げた。

項垂《うなだ》れたような恰好のソラレを横目に部屋を出る。

「今日は会ってくれてありがとうございました」

そう言って、扉を閉める。グレンは何も言わず廊下で肩を落としていた。

「……珍しく饒舌《じょうぜつ》に話しておったのだが、講義に出ろと言うのはまだ早かったのじゃろうか」

心配そうなグレンの様子を見て、口を開く。

「ソラレ君はこの部屋から一切出ないんですか？　お食事は？」

尋ねると、グレンは顎に手を当てて唸った。

「……食事は食堂で働いている料理人の一人が運んでくれておる。ソラレのことを知っている数少ない人の一人じゃよ」

「では、その人に話を聞きに行きましょう」

「……まさか、今からかの？」

◇

食堂に着くと、殆どの生徒が食事を終えており、人も疎《まば》らな状態だった。

その中に、シェンリーの姿もあった。

「あ、アオイ先生！」

「シェンリーさん」

シェンリーは嬉しそうにこちらへ走ってくる。すぐ近くに来て、シェンリーはグレンに気が付く。

「あれ？　グレン学長も……食堂でお食事ですか？」

可愛らしく首を傾げるシェンリー。その姿にほっこりしつつも、頷いて答える。

「そうですね。食事もしていませんでした」

「……わしはスープとパン一個で良いかの」

どうやらグレンはあまり食欲が無いようだ。

シェンリーは不思議そうに私とグレンの顔を見比べていた。

その表情を眺めて、ふとシェンリーが過去に虐めを受けていたことを思い出す。

彼女もかなり酷い虐めを受け、学院を去るという選択肢まで選びかけた生徒の一人だ。

「シェンリーさん、少しお時間はありますか？」

「大丈夫ですが、何かあったんですか？」

理由も言わずに時間をくれと告げたのだが、シェンリーは即答で了承してくれた。

「ちょっと、困っていて……グレン学長、宜しいですか？」

一応、グレンにも確認をとる。グレンはシェンリーの顔を一瞥して、すぐに頷いた。

「シェンリー君ならば大丈夫じゃろう」

「ありがとうございます。では、お食事を作って下さる方は……」

「……お、いたぞい。あの女性じゃ」

問いかけると、グレンは食堂の奥を見回して、すぐに小柄な女性を見つけて指さした。

その指示した先には割烹着に似たエプロンを着た長髪の女性がおり、テーブルの上を拭いたりと片付けを行っている。

年齢は四十代ほどだろうか。

「それでは、あの方に料理をお願いしましょう」

そう言って、私は女性の下へ向かったのだった。

◇

「……ソラレ君、ですか？」

挨拶をしてすぐにソラレについて尋ねると、女性は警戒したような表情でこちらを見た。

しかし、私の後方にグレンがいることを発見して、表情を和らげる。

「……噂はかねがね聞き及んでおります。アオイ先生。グレン学長に頼まれたのですか？」

「いえ、私がグレン学長にお願いしてソラレ君に会わせてほしいと頼み込みました」

まっすぐに女性の目を見てそう答えると、笑い声が返ってきた。

「ふふ……聞いていた通り、真っすぐな先生ですね。私もこのままではいけないと思っていましたから、協力させていただきます。何か聞きたいことがあるのでしょう？」

「はい。あと、お恥ずかしながら、お料理もいただけたら……」

「あっははは！　分かりました。すぐにお持ちしますよ」

そんなやり取りをして、女性は注文を聞いてから厨房へと戻っていった。

暫くして、グレンとシェンリーと共に席を同じくしていると、女性が配膳台を押しながら帰ってきた。

「はい、こちらですね」

料理を並べていく女性に、皆で頭を下げる。

「ありがとうございます」

「すまんの」

「あ、私まで……ありがとうございます」

三人の前に料理を並べると、女性は空いている席へと腰かけた。出来立ての美味しそうな料理が並び、空腹もあって自然と手が伸びる。スープは優しい味付けで、ホッとするような感覚になった。

「美味しいですね」

シェンリーもスープと飲み物だけ頼んでいた為、私と一緒にスープを飲んで顔を綻ばせている。

その様子をニコニコと微笑みながら眺めて、女性はこちらに顔を向けた。

「それで、ソラレ君についてですよね？」

そう尋ねられて、すぐに同意する。

「はい。ソラレ君とはどんな会話をされていますか？」

質問すると、女性は考えるような素振りを見せた。

「……大体は料理についてですね。好みの味を尋ねたり、何が食べたいか聞いてみたり……ただ、脂の多いお肉と特定の果物以外は何でも食べる子なので、いつも残さず食べて美味しかったと言ってくれていますよ」

と、笑顔で報告してくれる。どうやら良好な関係を築けているようだ。それだけでも、ソラレにとっては貴重な味方と言える存在である。

「……ソラレ君が講義を受けない理由は分かりますか？」

「それは、聞いたことがないんです。もしかしたら、ソラレ君が傷ついてしまうかもしれないと思って……」

不安そうにそう言われて、思わず自分の行動を反省する。

やはり、あまりにも直接的に言い過ぎただろうか。

「ソラレ君とは毎日会話していますか？」

「挨拶くらいの時もありますが、よく会話はしていますよ」

「今日の夕方は何時ごろに部屋へ？」

「夕食は午後五時くらいですね」

そんなやり取りをして、女性とは一旦別れた。私達の会話を静かに聞いていたグレンは、感慨深そうに深く頷く。

「……彼女の働きは素晴らしいものがあったのじゃな。いつも料理を届けてくれてありがとうとしか伝えていなかったが、今後はまた別のことでも話をさせていただこう」

感動したようにそう口にしたグレンに頷き、シェンリーを見る。

「そうですね。やはり、誰を信用して良いか分からない時に、心許せる人がいるのは有難いことだと思います。そういった味方になれる生徒の友達が出来たら、講義にも参加できるのではないでしょうか」

そう口にすると、シェンリーが小さく何度も頷いた。

「そうですね。私も友達が増えると学院生活が楽しくなりました。それまでは、どこに居たら良いのかも分からないぐらい学院に居場所が無いと感じていましたし……」

不安で仕方が無かったと語るシェンリーに、グレンは悲しそうに目を細める。

「悲しいことじゃ……フィディック学院は地位や人種の差別がない学院にしたいと思ってきたのじ

ゃが、中々それらを排除することは出来なかった。わしの意思が弱いことが一番の原因じゃが、教員や生徒達の意識を変えることも困難じゃった……」

悔恨の声で嘆くグレンと、沈んだ様子をみせるシェンリー。

「……悔やんでも仕方ありません。まずは、その貴族や血筋といった選民思想の被害者であるソラレ君の救済をしなくてはなりません。先ほどの話であった通り、ソラレ君に我々が味方であると認識してもらい、その味方を増やしていくことが大切だと思います」

気持ちを切り替えるべく自分の考えを述べると、二人は深く頷いてくれた。

「私も、出来るだけ力になりたいです！」

私から事情を聞いたシェンリーが力強く協力を申し出て、グレンは感動したように目を潤ませる。

「ありがとう、シェンリー君」

二人のそんな会話を聞きつつ、どうやってソラレの味方を増やすか頭を働かせる。

やはり、私の講義に出てもらうのが一番なのだが、その話を中々聞いてもらえそうにない。そこをどうにかしなくてはならないだろう。

第七章 ―― 二回戦

配膳台を運ぶ女性の後に続き、私とグレン、シェンリーの三人が通路を歩く。

「不思議と誰にも会いませんね」

「三時から五時は上級教員の講義がよくありますし、終業の前にこんなに学院の奥まで来る生徒もあまりいませんから」

「なるほど。確かに皆さん講義が終わったら学院の外か寮へ向かいますよね」

そんな会話をしつつ、我々は再度ソラレの居る部屋の前に立った。

女性は自然な動作で扉をノックして、口を開く。

「こんばんは。夕食を持ってきましたよ」

そう声を掛けると、暫くして扉が内側から開かれる。

扉の隙間からソラレが顔を出して、俯きがちにお礼を述べた。

「あ、ありがとう……っ!?」

そして、すぐに私のことに気が付き目を丸くする。

「ソラレ君、もう一度お話をさせてもらいにきました」

そう告げると、ソラレは素早く扉を閉める。

「こ、こら、ソラレ」

グレンが戸惑いながら扉の向こうにいるソラレに注意するが、返答はない。

仕方なく、私は魔術を使うことにした。

「解錠《オープン》」

魔術を行使するとともに、片手で扉を開く。

ソラレが扉の向こうで抵抗しているようだが、密かに身体強化をした私には無抵抗と同様である。

扉はあっさりと開放された。

「ひ……っ!?」

扉にしがみつく恰好で息を呑むソラレを眺めて、柔らかく微笑む。

「もう一度、お話をしましょう」

お願いをするようにそう提案すると、ソラレは涙目になりながら肩を震わせた。

「な、なんで……？」

怯えた様子を見せるソラレ。何故怯えているのかは分からないが、安心させるべく一歩前に出て頷く。

「安心してください。学院生活が楽しくなるように頑張ります。信じてください」

簡単には信じられないかもしれないが、精一杯気持ちが伝わるように真剣な表情でそう告げた。

視線も全く逸らしていない。

しかし、ソラレは再び息を呑んで部屋の奥へ後退りするように引き下がってしまった。

「……こ、怖い……」

どうやら怖がられてしまったようである。

やはり、部屋の外へ出ることを極端に嫌がっているのだろう。講義を受けろと言う相手は敵だと感じてしまうのかもしれない。

だが、そこで退いていてはいつまで経ってもソラレは部屋を出ることが出来ない。

ここは心を鬼にして、ソラレを表に出すことに全力を注がなければならないだろう。

「怖がらなくても大丈夫です。我々は味方ですから。さぁ、お食事のついでで構いません。少しでも我々の話を聞いてもらえたらと思っています。部屋に入れていただけますか？」

そう言って再度確認を行う。すると、ソラレも観念したのか、部屋の隅で小さくなったまま顎を引いた。

「ありがとうございます」

お礼を述べて、部屋に入る。

まずはスタートラインに立ったというべきか。ホッと一安心というものである。

そんなことを考えていると、部屋の外からひそひそと話す声が聞こえてきた。

「……アオイ先生はいつもあんなに真っすぐぶつかる性格なんですか？」

「……いつも一直線の真っ向勝負じゃ」

「……そうですね」

三人の会話を背中で聞きながら、ソラレを見つめる。

「あの人達の言葉は聞かなくて大丈夫です。些《いささ》か誤解をされているようなので……」

◇

ソラレはテーブルに置かれた料理と私の顔を何度か見比べて、食事をしない方を選んだ。どうしてだろうか。ちなみに料理を運んでくれた女性はもう部屋から出ている。

「冷めてしまってはいけません。さぁ、お食事をどうぞ」

「は、はい……」

声を掛けると、ソラレは慌ててスプーンを手に取り、スープの入った皿をもう片方の手で押さえるように支える。そっと周りに座る面々を見てから、食事を始めた。

「……皆に見られながらは食べ難いですよね」

シェンリーがそう言って苦笑する。

それに首肯して、ソラレが食べている間は我々だけで話をしようと思った。ちょうどソラレに聞かせたい話もある。

「シェンリーさん。もし良かったら、この学院で苦労した時の話を聞いてもよいですか？」

そう口にすると、シェンリーは目を細めて、口を閉じた。

悲しそうな表情だが、何処か以前にはなかった生命力のようなものを感じる。

シェンリーは、既に過去を乗り越えているはずだ。あの頃のシェンリーとは違う。

「……分かりました。その、あまり誰かの悪口みたいな感じにはとらないでもらいたいのですが……」

そう前置きして、シェンリーが過去の出来事を語った。

飛び級して、学院生活が変わったこと。

傲慢な王族や上級貴族の子らによる地位を笠に着た差別。

地位も実力も上の先輩達の魔術による攻撃。

持ち物を捨てられたり、傷付けられたりなんてことは毎日のようにあった。

そんな過去をシェンリーが涙ぐみながら語る内に、ソラレの視線が上がっていく。

どうやら、この歳下の少女が気になってきたようだ。

同じ苦しみを味わった人になら心を許せるはずである。

辛い過去を思い出させてしまったことを思い、シェンリーに申し訳なさを感じつつ、隣を見た。

「……改めて聞くととんでもない話じゃ……ちょっと陛下に文句を……」

何故か、グレンがシェンリーの受けた虐めを思い出して怒りに震えていた。

「いえ、その当時に王族や貴族に遠慮して動けなかったグレン学長に文句を言う資格はありません」

そう指摘すると、グレンはシュンと項垂れてしまう。

「……そうじゃな。わしが悪かったのじゃ……本当に申し訳なかった……」

自己嫌悪に身を小さくするグレン。それを見て、ソラレの目が細められた。

「やっぱり……」

ソラレは小さく何か呟き、再び口を噤んだのだった。

◇

「……何か、言いましたか？」

そう尋ねると、ソラレは首を左右に振った。

しかし、その表情は明らかに暗くなっている。

「……もし、何か言いたいことがあったら、言ってください。力になれるかもしれません」

もう一度聞いてみたが、ソラレは黙ったまま動かなくなってしまった。

これは、もしかしたらグレンがこの場にいるせいかもしれない。

そう思って、グレンを見る。

「……席を外すとしようかの」

私の視線を受けて察したのか、悲しげに溜め息を吐き、グレンは立ち上がった。部屋を出る間、
ソラレは一切顔を上げなかった。

グレンは心からソラレのことを心配しているはずなのに、どうしてソラレは目を背けてしまった

のか。

　グレンが部屋から出ていくと、ソラレは僅かに肩の力を抜いたように見えた。

　その様子を確認しつつ、私は慎重に声を掛ける。

「……先ほども話をしてもらいましたが、こちらのシェンリーさんはソラレ君と同じく、とても大変な思いをされました。辛いことも悲しいことも、悔しいことも経験しています。全てではないでしょうが、ソラレ君の気持ちも分かると思います。かく言う私も、幼い頃に虐めを受けた経験はありますし、相談に乗ることが出来るはずです」

「え!?　アオイ先生が……!?」

　と、何故かソラレに話しかけていたのにシェンリーから驚きの声があがった。

　それに首を傾げつつ、口を開く。

「……私にも幼い頃がありましたから」

　曖昧に答えつつ、過去を振り返る。

　虐められていたのは日本での中学生時代だ。一年生で剣道の大会に出場し、結果を出していた私に、三年生の先輩が目を付けたのだ。制服をハサミで切られたり、練習と称して頭や顔を竹刀で激しく叩かれたことも数えきれないほどである。

　まぁ、半年で全員ねじ伏せたが、それでも相当に辛い思いをしたのを覚えている。

「……アオイ先生の場合はやられっぱなしじゃないですよね」

シェンリーがそんなことを言ってきたので、とりあえず消極的に同意しておく。

「最初は我慢もしていましたが、このままではいけないと思い、誰を相手しても一対一で勝てるように努力しました。練習したいとこちらから願い出て皆の前で全員を完膚なきまでに叩きのめす日々を過ごしている内に、やがて虐めを受けることは無くなっていきました。私は運が良かったので、あっさり虐めはなくなりましたが、あれが続いていたらとても辛かったと思います」

そう答えると、シェンリーとソラレが唖然とした顔で目を丸くした。

「……アオイ先生はどこでも虐められないと思います」

「……そんな風に出来たら凄いけど……僕には無理そう……」

二人はそう言って自然と顔を見合わせた。

どちらからともなく苦笑交じりに笑い、部屋の中の空気が幾分軽くなる。

「それでは、虐められっ子の仲間同士、腹を割って話しましょう」

そう告げると、二人は何とも複雑な表情でこちらを見た。

「……わ、分かりました」

「虐められっ子同士……？」

何故か微妙な空気になってしまったが、私は改めてソラレに対して口を開いた。

「私が聞いた話ですが、ソラレ君はとても優れた魔術の才能があると伺っています。その為、フィディック学院内でもかなり速いペースで高等部クラスに上がったと……しかし、そこでソラレ君の才能を妬む他の生徒から、多くの嫌がらせを受けたと聞きました。それは合っていますか？」

そう確認すると、ソラレは悔しそうに俯く。

一瞬、静寂が部屋を支配したが、やがてソラレは自ら口を開いた。

「……ぼ、僕は、魔術のせいで嫌がらせを受けたわけではありません。エルフの出来損ないとして、嫌がらせを受けたんです……！」

「……エルフの？」

ソラレの言葉に、思わず眉根を寄せて聞き返す。

確かに、エルフの国から来た若いエルフにも嫌がらせを受けたと聞いていた。だが、他の生徒からも純粋なエルフではないという理由で嫌がらせを受けたのだろうか。

そう思っていると、ソラレは目を細めて溜め息を吐いた。

「……中等部クラスに上がった時、先に中等部にいた生徒達は僕が学長の孫だと知っていました。そのせいか、あまり、話しかけてくる人はいなかったです。でも、嫌がらせとかはあまりなかったんです……ところが、エルフの人が転校してきて……」

ソラレは固く握った指先を震わせて、過去の出来事を語る。

「エルフの国では、ハーフエルフやその子供は出来損ないと馬鹿にされるそうです……僕は、出来損ないなんだと学院内で噂になりました。石を投げられることもありました……通り過ぎざまに、知らない人に足を引っかけられて転ぶことも……そしたら、皆が笑うんです。僕をゆ、指さして

「……」

肩を震わせるソラレ。その姿を見て、シェンリーが涙ぐむ。

「……そのエルフの方達が扇動してそんなことを引き起こしたのでしょうか？」

もしそうなら、エルフの王国とやらに殴り込まねばなるまい。

そう決意して確認をしたのだが、ソラレは首を左右に振る。

「……別に、指示を出したり、他の先輩を巻き込んで嫌がらせをしたとかではないと思います。ただ、その人達が僕の悪口を皆の前で言うようになってから、他の人達まで僕に冷たくするように……」

ソラレが消え入るような声でそう呟いたのを聞いて、教育実習生の頃に習ったことを思い出した。

「……集団心理、ですね」

「しゅうだんしんり？」

シェンリーが目を瞬かせながら私の言葉を復唱した。それに頷き、二人の顔を見る。

「集団心理、もしくは群集心理ともいいます。人数が増えていくと、通常ならば行わないような過激な内容の行動でもまるで当たり前のことのように実行してしまうことがあります。その時、群集は興奮状態となってしまい、冷静さが失われてしまいます」

解説すると、ソラレの目が細くなる。

「……そういう状態だったから、仕方がない、ということでしょうか……」

その言葉を聞いて、少し驚く。

精神とか心理状況について簡単な説明をしただけなのに、ソラレは集団心理の仕組みを理解したようだった。

「いいえ、集団心理を理由に許せとは言っていません。ただ、それを踏まえて考えると視野が広がり、見え方は変わると思います。もしかしたら、虐めを主導する気の強い生徒が恐ろしくて、逆らえないだけの人もいるかもしれません。もちろん、そこで抵抗せずに虐めに同調することは悪いことですが、その気持ちを考えると必ずしも悪として罰するまでしなくても良いかもしれません」

自分の心情を素直に語る。

しかし、ソラレは納得しなかった。

「……僕は、そうは思いません」

明確な否定だ。

ソラレにとって、主導した人物は勿論、同調した人物も敵として見ているのだろう。

それは、虐めを受けた本人でなければどうしようもない問題である。

「しかし、それにグレン学長は関係ないでしょう？　何故、グレン学長にも敵意を向けるのですか？」

尋ねると、ソラレは眉根を寄せる。

「……最初は相談していました。助けて欲しいと思って、こんなことをされたんだと訴えたんです。

でも、助けてくれませんでした。学長だから、学院の方が僕よりも大事だから、王族や貴族の生徒の味方をしたんです……！　そして、途中で学院をやめたエルフ相手でもそれは同じでした……僕を出来損ないだと罵った人達なのに……！」

ソラレは感情を露《あら》わにし、血を吐くような言い方でそう言った。目には涙が浮かび、怒りや悔しさが声に滲んでいる。

「それは、誤解ではありませんか？　グレン学長はソラレ君のことをとても心配しています。その愛情に偽りはないと思いますよ」

一応、フォローをしてみたが、ソラレの表情は変わらなかった。

「酷いことを言われたり、石を投げられたり、魔術で攻撃されたりしたのに、何もしてくれなかった……そのことに変わりはありません。僕にとっては、味方ではありません」

味方ではない、ソラレはそう言った。

グレンはもはや唯一の家族のはずだ。それなのに、敵とまでは思わずとも、味方とも思えない。とても悲しいことである。

どうすればソラレの気持ちが変化するだろうか。

まずは、ソラレの気持ちが前向きなものになるように仕向ける必要があるのかもしれない。

申し訳ないが、グレンとの関係の修復は後回しだ。今のソラレでは、何を言っても全員が敵に見えてしまうだけだろう。

そう思って、私はソラレの目を見つめる。

「そうですね……では、ソラレ君はどうしたいですか？　虐めをした人達に仕返しをしたいですか？　それとも、グレン学長に文句を言いたいですか？」

尋ねると、ソラレは困ったように俯いた。

「……もう、関わりたくないんです。僕は、二度と学院で講義を受けようとは思いません」

と、ソラレは殻に籠るように外界との接触を拒絶してしまう。

いや、講義を受けないということは、学院内での生活についてだけ、だろうか。

暫く黙って思考を巡らせる。

この状況で無理やり講義に参加させても更に心を閉ざしてしまうだけかもしれない。

まだ、こうやって会話が出来るだけでも十分解決の糸口はあるはずだ。強引なことをして会ってもくれなくなったら大変である。

「……分かりました。それでは、学院外で講義をしましょう。教員は私。生徒はシェンリーさんや話が出来そうな人少数。そして、ソラレ君だけです。いかがですか？」

そう確認すると、二人が同時に振り向いた。

「……そんなこと出来るんですか？」

「学院外で……？」

二人が同時に疑問の言葉を口にする。

それに微笑み返して、頷いた。

「大丈夫です。そこは私に任せてください。フィディック学院とは無関係な形で、魔術のお勉強をしましょう。それこそ、ソラレ君が知らない魔術を沢山みせてあげますよ」

そう告げると、ソラレの目が輝いた。

「本当？」

そう言ったソラレは年相応の希望に満ちた少年の目をしていた。

やはり、この少年は魔術が大好きなのだ。だからこそ、普通の人では考えもつかなかった魔術を開発することが出来たに違いない。

そう思って、私はソラレに笑顔で頷き返す。

「はい。もちろんです」

第八章 ― ルーツ

三日後の休みの日に、学院の外で会おう。

そんなアバウトな約束をして、別れを告げた。

ソラレの部屋から出ると、通路の突き当たりにある角っこで、グレンが自らの膝を抱いて座り込んでいた。

視線は壁の一点をずっと見つめている。驚くほど哀愁が漂っているその姿に、シェンリーが不安そうにこちらを振り返った。

「……グレン学長？　話は終わりましたので、そろそろ行きましょうか」

そう声を掛けると、シェンリーが驚いたような顔をしていた。

それを尻目に、茫然自失した様子のグレンの傍へ移動する。

「グレン学長」

もう一度名を呼んでみる。すると、グレンはハッとした顔になり、首を捻ってこちらを見た。

「お、おお。アオイ君か……ど、どうだったのじゃろうか？　ソラレは、何か話をしたかの？」

グレンは複雑な表情で尋ねてくる。色々と聞きたいことがあるのだろうが、直接その内容を聞くのも勇気がいる、といったところだろうか。

曖昧な質問の仕方がそれらを物語っているように思う。

それを理解して頷き、答える。

「はい、色々と話をしてくれました。グレン学長のことも聞いています」

そう告げると、グレンは立ち上がって体ごと振り向いた。

「……それは、わしが聞いても良い話じゃろうか」

「大丈夫だと思います」

答えると、グレンはこちらに歩み寄る。

「わしが傷付く内容じゃろうか」

「恐らく」

そう答えると、グレンは一歩下がった。

「……ソ、ソラレは、わしのことを嫌っておるんじゃろうか」

「……そういうことではないと思いますが」

そう答えると、グレンはその場で立ち竦んだ。どうしようかと思い悩んでいるようである。

「場所を変えて話しましょう。シェンリーさんはお時間ありますか？」

確認すると、シェンリーは少し戸惑いつつも頷いてくれた。

◇

移動した先はシェンリーが以前勧めてくれた飲食店、眠れる虎の宿である。

木々を植えたテラス席を横目に店内に入ると、あの獣人のマスターがカウンターの奥で会釈していた。

「いらっしゃいませ」

男らしい挨拶に一礼する。

「ちょっと、内緒の会議があるのですが、良い部屋はありますか？」

そう尋ねると、マスターは二階を指差した。

「いつもの場所で申し訳ないが、二階のテラス席をどうぞ……ところでアオイ先生、そちらのご老人は……」

マスターがいつになく緊張感を滲ませてそう確認してくる。

グレンは髭を軽く撫でつけてから、会釈をした。

「グレン・モルト。フィディック学院の学長をしておるぞい」

そんな挨拶に、マスターの背筋が若干伸びる。

「……ようこそ。まさか、学長殿が来店するとは思わず、驚きました」

「あぁ、いやいや……ただの客として扱ってくだされ」

恐縮するマスターに、グレンは苦笑しながらそんな返事をした。

やはり、このウィンターバレーにおいてグレンの存在はその辺の要人よりも上らしい。

明らかにいつもと違うマスターの態度に、改めてグレンの地位や知名度を理解する。

マスターがシェンリーに何か耳打ちすると、シェンリーは苦笑しながら頷く。

「では、グレン学長。ご案内します」

何故か、シェンリーがウェイトレスのように丁寧に案内を申し出てきた。

どうやら、マスターに言われてグレンの世話係を頼まれたようだ。

シェンリーもそれが可笑《おか》しかったらしく、楽しそうにグレンの前を先導していく。

二階のテラス席につくと、グレンが目を細める。

「ほう。これは中々良い席じゃの。ゆっくり出来そうじゃ」

「はい。お料理も美味しいですよ」

店を褒められて嬉しくなったのか、シェンリーが店の宣伝を行った。

グレンは「楽しみじゃ」と言って微笑みながら椅子に座る。それを見て、私も椅子に腰を下ろした。

すると、シェンリーがメニューを持ってきてグレンと私の注文を受け、マスターの下へ戻っていく。その姿を見て、グレンは目を瞬かせた。

「シェンリー君はここで働いておるのかの？」

「いいえ、常連客というだけですよ」

「その割には随分と慣れている感じじゃのう」

と、そんなやり取りをしている内に、シェンリーが飲み物を盆に乗せて戻ってきた。

「どうぞ。お料理は出来次第マスターが持ってくるそうです」

シェンリーはそう言って席に座った。三人でテーブルを囲んだことを確認して、私は口を開く。

「それでは、今日ソラレ君と話した内容について、グレン学長に説明します」

そんな切り出し方で私はグレンにソラレの言葉を要約して伝えた。

学院でエルフの血を引いていることから虐めが起きたこと。

グレンが守ってくれなかったと感じていること。

そして、学院で講義を受けることは拒絶しているが、魔術を学びたいという気持ちはあること。

それらを踏まえて、私がソラレとシェンリーほか数人を対象に学院外で魔術の講義を行うこと。

話を聞き、グレンは悲しそうに眉尻を下げた。

「……つまり、ソラレにとって学院も、祖父であるわしのことも、許せない存在、ということじゃな」

切ないグレンの言葉に顎をひき、口を開く。

「ソラレ君はグレン学長が助けてくれなかった、庇《かば》ってくれなかったと思っています。それはなぜでしょうか?」

そう尋ねると、グレンは深く長い息を吐いた。

「……わしは、元々はエルフの国出身じゃ。追い出される形だったとはいえ、外の国からヴァーテッド王国に来たことに変わりは無い。その外から来たわしが、幸運にも爵位を得て、更に魔術学院の長となることも出来た。まさに望外の幸運ともいうべきじゃが、それを妬み、恨む者もおる……

「学長が地位を高めて、損をする人がいるということですか？」

そう尋ねると、グレンは首を左右に振った。

「損をする、という言葉は微妙に間違っておる。例えば、わしが来なかったら、他の誰かが宮廷魔術師になっておった。そして、もしかしたら侯爵になっていたかもしれん。わしがいなければ、陛下に魔術学院を任される別の魔術師が現れたかもしれん……どれも空想や理想であり、根拠のない仮の話でしかないがの。そうやって知らぬ内に恨みを買ってしまっておるものじゃ」

「それは、グレン学長と寸前まで競っていた者ならばともかく、他はただの捕らぬ狸の皮算用でしょう。グレン学長がいなかったとしても、そんな人達が侯爵になったり魔術学院の学長になっていたとは思えません」

グレンの説明に釈然としない気持ちになる。

言いたいことは分かるが、それでグレンが恨まれるのもお門違いというものだろう。

だが、その私の言葉にグレンは肩を落として溜め息を吐く。

「まぁ、そりゃあそうじゃがのう……とはいえ、学長や侯爵になれなかったかと言われるとそうとも限らん。結局、恨むも妬むも相手都合じゃからな。わしからどうこうすることは出来んのじゃ……そんな状況もあって、確かに王族や貴族という相手に気を遣っているのは間違いない」

そう呟いてから、目を細めて自分の前に置かれたカップを片手に口に近付ける。一口紅茶を啜《すす》り、息を吐いた。

「……じゃが、エルフの国から来た生徒達には厳しく注意をして、帰るように促しておいたし、それに同調して悪意のある噂を流した生徒にも厳しく注意をしておる」

「注意だけ、ですか？」

グレンの言葉に、思わずといった様子でシェンリーが口を開く。

私とグレンの目が向くと、慌てて、身を小さくした。グレンはその様子に疲れたような微笑みを浮かべる。

「フィディック学院は、良い意味でも悪い意味でも有名になり過ぎたのじゃ。各国の力のある王族や貴族の中には我が魔術学院に子女を通わせることを目標にしている者もおる。また、そういった王族や貴族と縁をつなぐ為に、子を通わせておる新興貴族などもおるだろう。貴族に意見を言えるような大商人の子らも何人もおる。そんな状況の中で、悪い噂が流れた生徒はどうなるじゃろうか……ましてや退学なんぞになってしまったら、学院内だけでなく故郷に帰ってもそういう目で見られる。また、他の国からの評判も悪くなり、場合によっては責任を取らされることもあるじゃろう」

「責任、ですか？　その生徒が？　それとも、そういった生徒を出した貴族の家が、でしょうか」

「両方じゃ。実際にそういったことが一度だけあったからの……侯爵家の長男じゃったが、あまりに目に余る行動をしていた為、退学処分とした。しかし、その子が虐めていた相手は他国の重鎮であり、外交に深く関連する貴族の一人じゃった。そのせいで、国に大きな損害を与えたとされ、家は爵位を下げられて、その責任を負った形で退学した生徒自身も自由な振る舞いが出来なくなってしまったようじゃ。貴族としての将来は絶たれたと言っても良い」

そう口にして、グレンは深く溜め息を吐く。

どうやら、そのことを悔いているらしい。グレンは根っからの教育者なのだろう。どの生徒の未来も良いものになるようにと思っている。

しかし、因果応報という言葉もある。

例えば、シェンリーがまた虐めを受けるようになってしまい、自殺なんてしてしまったら……私は加害者も、そして自分自身も許せそうにない。

「……グレン学長が深い配慮のもと、生徒達の虐め問題を解決しようとしていたことは分かりました。確かに、不用意な処罰を行って上級貴族などから恨まれてしまえば、学院の外でいつかソラレ君に害をなす人物も現れるかもしれません」

グレンの気持ちを代弁して答えると、グレンが重々しく頷いた。

「その通りじゃ……わしは様々な事態を想定して判断をしておる。わかってくれるかの？」

グレンがこちらを窺うようにしてそう言ってきたので、軽く頷いた後、口を開いた。

「そうですね。そういった各人への配慮は良く理解しました。ただ、やり方は甘いと思います」

自分の考えを述べると、グレンは途端に泣きそうな表情になる。

「……アオイ君なら必ずそう言うと思っておった」

「私は教員であり、学長の立場ではないから見え方が違うかもしれません。でも、もう少し厳しい罰を与えるでしょう。ただ、それが本当に正しいのかは分かりませんが……」

そう告げてから、過去を思い出す。

日本での教師生活にあって、虐めはとても身近な問題だった。

一年あれば必ずそういった事態が巻き起こる。殆どは個人間の小さないざこざが主だが、中には集団によるものや暴力を伴うものもあった。

その為、教員になる者は必ず虐め対応マニュアルを学ぶのだ。その中には、教員が出来るだけ早く気づくことや、虐めが起き難い環境作り、生徒への情操教育や声掛けの仕方などもある。

もし虐めが起きてしまった場合は、被害者のケア以外にも加害者や加害者の親を相手にした話し方、気をつけることなども学んだ。

虐めは深刻な問題であり、被害者だけでなく加害者の精神的成長にも影響を与えてしまうのだ。

その学んだ知識から答えを見出すならば、虐めを行ったことをその親にも必ず伝えておかなければならない。

「……グレン学長。その虐めを行った生徒のことはご存じですか？」

そう口にすると、グレンは眉をハの字にした。

「……し、知っておるが……」

「教えてください。一人一人、家庭訪問を行いたいと思います」

「やっぱり……!?」

私の言葉に、グレンは泣きそうな表情で叫んだ。

「あ、アオイ君……！　家庭訪問は分かるが、エルフの生徒も、主導した者も、既に学院におらんのじゃよ……！　残った者も歳上の者に引っ張られて虐めをしておった者だけで……」

「エルフの王国ですね。場所は分かりますよね？」

「Oh……」

確認すると、グレンは両手で自らの頭を挟むような恰好をして天を仰いだ。

ソラレと約束をした休日は三日後である。時間はまだたっぷりある。

「明日は講義が午前中だけです」

「う、うむ？　午前中は講義じゃな。そ、そそ、それがどうかしたのかの……？」

「場所はどの辺りですか？」

「い、いやいや……コート・ハイランド連邦国とグランサンズ王国の間にあるが、馬車で行けば一ヶ月以上は掛かるぞ」

そう言われて、頭の中で地図を広げる。

「……なるほど。それでしたら一泊二日で行けそうですね。他の生徒はどちらの方ですか？」

「……コート・ハイランドじゃ」

どこか観念したような様子でグレンが答える。

「丁度良いじゃないですか」

私がそう告げると、グレンは項垂れて頷いた。

「……わしもそう思うぞい」

同意も得たことである。後は実際に行動するのみだろう。

「失礼」

と、タイミングよくマスターが料理を運んできた。少し広めのテーブルだと思っていたが、マスターが一つ二つと料理の盛られた皿を載せる度にサイズが小さくなっていくような錯覚を受ける。

気が付けば、テーブルの上は料理でいっぱいになっていた。

「おお、美味そうじゃ」

「本当に美味しいですよ！」

グレンの言葉にシェンリーが嬉しそうに肯定する。

「それでは、いただきましょう」

料理の開始を告げて、皆で食事を楽しむ。

グレンも満足できる味付けだったらしく、皆の顔に笑顔が溢れた。

料理も半分ほど平らげた頃、私はそういえばと口を開く。

「エルフの国とコート・ハイランドは、グレン学長にも付いてきてもらいます」

「ぶはっ」

私が一言お願いを口にすると、グレンがフォークを手に持ったまま咳き込んだ。

咽《むせ》たように咳を繰り返すグレンを眺めて、静かに答えるのを待つ。

「……わ、わしも行くのかの？　エルフの国に行くのは勇気がいるんじゃが……」

「顔も分からないのですから、私一人では時間が掛かって仕方がありません。ソラレ君の為にも何卒ご協力ください」

「アオイ君なら、わしがいなくても問題なく見つけられそうなのじゃが……」

「グレン学長」

「はい。わしも行かせていただきます」

嫌そうな反応をするグレンにもう一度頼もうとしたのだが、何故かすぐに了承してくれた。

随分と素直なのが気になるが、やはり孫のことが心配になったのだろう。

優しいお祖父ちゃんの姿を見せるグレンに微笑みつつ、カップを手に取り口に運ぶ。

風味豊かな紅茶を楽しんで、ホッと息を吐いた。

エルフの王国、アクア・ヴィーテ。オーウェンからも聞いたことがある。他の国とは明らかに違う魔術の知識や発展……どのような資料、研究結果が保管されているのか。

エルフの国の魔術には大いに興味がある。

しかし、今はエルフの国に根付く差別意識の確認だ。

もし、ハーフエルフへの偏見や激しい選民思想があるのなら、それは取り除くべき事項であろう。

さて、どうしたものか。エルフの国にはどの国よりも長い歴史と独自の文化があると聞く。

一筋縄ではいくまい。

「……今回は、その生徒とご両親とお会いして、様子を窺うとしましょうか」

小さくそう呟くと、グレンとシェンリーが揃ってこちらに顔を向けた。

第九章 — エルフの国

「それでは、本日の講義を終わります」

「ありがとうございました！」

講義の終了を伝えると、生徒達の元気な声が返ってくる。

最近は窓の外に見学者が集まっていることがあり、段々と講義の知名度が上がってきている気がする。

しかし、生徒の数は増えていない。

「失礼します。横を通してください」

そう言って教室の傍に集まっていた生徒達に断って横を通り抜け、学長室へ出向く。

「グレン学長」

「……な、なんじゃな？」

名を呼びながら扉をノックすると、扉が少し開かれてグレンが顔を出した。

こちらからは顔が半分しか見えておらず、少し怖い。

「準備は出来ましたか？」

「ガチで行くのかの？」

「ガチとは何ですか。行くと約束したじゃないですか」

「わ、わしは約束しておったかのう……」

疑惑の眼差しをこちらに向けながら、用心深く扉を開けないグレン。仕方なく、無理やり扉を開いた。

「痛い痛い痛い！」

「あ、申し訳ありません」

扉に張り付いていたグレンの髭ごと扉を握って開けてしまった。

開かれた扉と一緒に涙目のグレンが付いてくる。強引に部屋の外へ引きずり出された形のグレンが恨めしそうにこちらを見た。

「……それでは、すぐにエルフの国へ向かいましょう」

「そんな今すぐなど行けるものかの。小さな小さなエルフの国が、何故三つの大国に挟まれた状態でこれまで存続してこられたのか。なんにでも必ず理由というものがあるものじゃ」

何故か、グレンが不貞腐れたような態度でそう言った。それに私は深く頷く。

「そうですね。エルフの国には古来研究され続けた原始の魔術と呼ばれる古い魔術が多くあると聞いています。そんな国ですから、とても進んだ魔術の知識と技術、そして大きく成長した自尊心があることでしょう。自分達が一番優れているという意識のもと、他国との接触を極端に面倒臭がっていると聞いています」

「それを言ったのはオーウェンじゃな……流石に少しばかり偏った見方だとは思うぞい」

私が自分の持つエルフの国に対する知識を披露すると、グレンが呆れたようにそう言った。

どうやら少し偏った内容だったらしい。

「そうなのですね。しかと覚えておきます。それで、今からエルフの国へ向かいますが、準備は出来ていますか？」

「……一応、用意はしておいたが、本当に行くのか？　冗談じゃないんかの？」

物凄く不安そうなグレンに頷き返して、外を指差す。

「本当です。それでは、行きましょう」

「……Oh」

◇

不安と恐れに満ちていたグレンだったが、飛翔魔術で馬車を飛ばすとテンションが上がった。

「おほほほう……！　これは想像以上に快適じゃ」

「想像とは違いましたか？」

「わしらが知る飛翔の魔術は出来るだけ軽くした状態で、風をぶつけて浮かせるだけの代物じゃ。自由自在に飛ぶというものでもない。だからこそ、完全なる飛翔の魔術は現実にはないものとされておる。しかし、アオイ君の飛翔魔術は違う！　これは本物じゃ！　そうでなければ説明がつかんぞい！」

「風とは結局物質ですからね。一方向から激しく風を吹き付けても、進行方向に残っている空気抵抗などはそのままです。水中で例えたら分かりやすいでしょうか。水の中で激しい水の流れを自分の足元で生み出したとして、正面に盾を構えてしまってはまともに進めません。水の壁を受け流す必要があるからです。つまり……」

「ちょ、ちょっと待ってくれい！　物凄く重要なことをサラッと言うでない！」

そんなやり取りをしながら、私はグレンと三時間以上もの空中飛行を楽しんだ。

しかし、魔術という共通話題の力をもってしても、実際にエルフの国近くに来てしまってからはグレンの口数は着実に減ってしまった。

「……あの、高い山の麓、深い森の中にエルフの王国、アクア・ヴィーテがある」

グレンの言葉を聞いて、顔を上げる。

目の前にはまるでエベレストのような巨大な山が聳《そび》え立っていた。他の山も大きいのだろうが、一つの山があまりにも群を抜いて大きい為、遠近感がおかしくなってしまう。その高度からか、山の中腹から上は真っ白な衣装となっており、厳しい自然の姿を形にしているようにも見えた。

そして、その山の麓には確かに鬱蒼とした森林が広がっている。巨大な山のせいで小さく見えるが、段々と近づいていく内にその森を形成する樹木も随分と大きいことが分かってきた。

「……見渡す限りの森、山々。全てが巨大で広大ですね」

感嘆の念を込めてそう呟くと、グレンが深く溜め息を吐く。

「うむ……悔しい限りじゃが、この雄大な自然は美しいとしか言いようがないのじゃ。住んでおるエルフの心は小さいがの」

「……グレン学長？」

珍しく冗談交じりの皮肉を口にしたグレンに、少し驚いて視線を向ける。

すると、いつもの好々爺然《こうこうや》としたグレンの顔はすっかり消え失せており、替わりに悪戯小僧のような笑みを浮かべたハーフエルフの顔があった。

グレンは照れくささそうに笑い、鼻を鳴らす。

「ここまで来たら、もう学長としての体裁なんぞ被ってられんぞい。この国には酷い思い出ばかりじゃからな。素のわしで話をさせてもらうとしようかの」

そう言って、グレンは鋭い視線をその森へと向けたのだった。

◇

森の上空から見下ろしながら、目的地を探索する。

「グレン学長。場所は本当に覚えていないのですか？」

「いや、わしが子供の頃じゃよ？　もう百年ばかり前じゃしなぁ」

「……困りました。城などがあるなら分かりそうなのですが」

そんな会話をしながら、背の高い木々の頭を順番に眺めていく。と、奥の方に少し開けた空間があることが分かった。

「あの辺りは木々がありませんね。少し離れていますが……」

そう告げると、グレンが目を細めて暫くその場所を眺めた。そして、「おお」と声を出す。

「そういえば、エルフの国には小さいが湖があったような気がするぞい」

「それを早く言ってください。森の中で唯一の手掛かりじゃないですか」

「本当じゃのう……もうすっかり忘れておるわい」

グレンは困ったように頭に手を当ててそう呟く。学院のことを話す時や、他国の貴族と会話をする時はとてもしっかりしているのだが、こういった場面になると途端に老人っぽさが出てくる。

新しい魔術を見ると子供のようになるのだから、何に興味や関心が向いているのか一目瞭然である。

「それでは、エルフの国を訪ねるとしましょう。時間が無いので、対象となる元生徒の家を訪問してお話をしたらすぐに帰ります。良いですね？」

「意見を聞いてくれるのは有難いのじゃが、ここ数日でわしの意見が採用されたことがあったじゃろうか……いや、何でもない。アオイ君の好きなようにしてくれ」

「それでは、降りましょう」

そんなやり取りをして、私達はエルフの国の城壁の外側へと降りたった。

一応、城門を潜って入国した方が良いと思ったからだ。

しかし、地上に降り立つやいなや、すぐさま城壁の上に人が集まってきて弓矢を構えられてしまった。

「……貴殿らは何者か？　突然我が国に現れた理由を述べよ」

落ち着いた声音なのに、良く通る声だ。

顔を上げると、城門の上部にローブをまとったエルフの男性の姿があった。二十代後半ほどに見える容姿だが、エルフの場合は年齢が判別できない。あの見た目でもしかしたらグレンより年齢が上の可能性もあるのだ。

「我々はヴァーテッド王国の特別自治領であるウィンターバレーから参りました」

そう言ってから、グレンに顔を向ける。

「名乗っても大丈夫ですか？　グレン学長の名前を出すと良くないでしょうか」

確認すると、グレンは引き攣った顔で目を細めた。

「お、おお……一応わしの体裁を気にしてくれるんじゃな？　でも、それを聞くなら出発前に聞いてほしかったのぅ」

「申し訳ありません。それで、名前は？」

「すごい嫌なんじゃけど、言うしかなかろう。言わんと入れてくれんぞい」

眉間に深い皺を作ったグレンの台詞を聞き、頷いて城門へと向き直る。

「フィディック学院、学長のグレンと教員のアオイ・コーノミナトと申します。入国の許可を願います」

そう告げると、城壁の上でエルフ達がざわざわと少し騒がしくなった。

どうやら、フィディック学院の名はこの国にも届いているらしい。

城門の上でこちらを見下ろすエルフは、厳しい目つきで観察するように私達を見ている。

「この国を出て、人間の国で名を挙げたハーフエルフのグレン・モルト氏で間違いないか？　ヴァーテッド王国の侯爵の地位にあると聞いていたが、私兵もおられないようだが……？」

訝しむように質問された。どうやら色々と疑われているらしい。

それにしても、言葉のどこかにグレンへの棘《とげ》が感じられる。

「今回は、侯爵としてではなく、フィディック学院の学長と教員として参りました。理由は家庭訪問です。もし気になるなら見張りを付けていただいても構いませんので、入国の許可をお願いいたします」

答えると、暫くの沈黙が訪れた。

そうして、城門の上で軽い話し合いが行われた後、先ほどの男が再度顔を出す。

「……承知した。そちらの提案通り、第一魔術師団警護隊を傍に置かせてもらう。問題はないな？」

「はい、構いません」

男の提案に即答で了承する。その後、また一、二分待たされて、城門は開かれた。

「……第一魔術師団といえば、エルフの国でも最上級の精鋭じゃな。どうやら、かなり警戒されておるらしい」

「グレン学長が、ですよね？」

「……そうじゃな。アオイ君の噂はまだエルフの国には届いておらんじゃろう。残念ながら、わしがなにかするかもしれんと思われておるようじゃ」

溜め息混じりに、グレンがそう推察した。

「入国前に、少し話を聞かせてもらおう」

と、そこへ先ほどのローブを着たエルフが十数人のお供を連れて現れる。男の目は油断なく私とグレンの顔を順番に見た。

「……そちらの女は随分と若いようだが、ハーフエルフではあるまいな？」

「私は人間です。アオイ・コーノミナトと申します」

そう答えると、男は頷く。

「アオイか。承知した。それで、今日は家庭訪問なる用事だと聞いたが、それは何か」

実直な質問である。それにこちらも真面目な態度で答えた。

「以前、フィディック学院で学ばれていた生徒がいらっしゃると聞き、お話を伺いに参りました。込み入った話もありますので、ご家族の方も交えて話が出来たらと思っております」

「……よく分からんが、理解した。それで、グレン殿は？」

「わしは付き添いじゃな」

グレンも正直に答える。すると、男は僅かに疑惑の目を向けた。

「……承知した。申し訳ないが、グレン殿には常に見張りを付かせていただく」

「分かったぞい」

男の意見にグレンは頷いて了承した。こうして、私達は何とかエルフの国への入国を果たしたのだった。

【ＳＩＤＥ：シーバス警護隊長】

エルフの王国、アクア・ヴィーテ。高い山々と深い森林地帯の奥深くという立地の為、険しい道のりと強大な魔獣に阻まれて、まず訪問者が現れることはない。

これまでにエルフの国を訪ねてきた者の半数は冒険者であり、半数は国を奪おうとする者達であった。

学院の関係者が訪ねてきたことなど、一度たりとて無い。

「……まったく、判断に困る相手だ」

頭を悩ませながら、前を歩くグレンとアオイを見た。先頭は道案内の為の若いエルフの戦士である。その後ろにグレンとアオイが並び、更に斜め後ろに二人ずつ剣を使える魔術師を配置している。

そして、十歩ほどの距離を置いて警護隊の面々十名だ。

他の国ではどうか分からないが、この国の警護隊は強大な魔獣と日々戦ってきている為、誰も彼もが実戦経験豊富な猛者ばかりである。それこそ、大型の竜種と戦っても楽に撃退出来るほどだ。

噂では、グレン・モルトは世界最高の魔術師の一人に数えられているというが、それでも問題は無い布陣である。

もう数十年は経ったか。グレンが大国の侯爵となったと聞き、アクア・ヴィーテ内でも話題となったことがある。

所詮、人間の国の中での話だと嘲笑《あざわら》う者もいるし、エルフではなくハーフエルフだから受け入れられて侯爵になれたのかと噂する者もいた。

そうして、噂はやがてグレンの出生の話にすり替わっていく。

曰く、グレンは貴族の出身だったのだが、父親が人間だったらしく、幼少時にそれが発覚。

結果として血を重んじる貴族の常識に則り、グレンは国を出ることになったらしい。

ハーフエルフとして王国内で生きていくのは大変だっただろうから、本人にとっては良かったのかもしれない。

しかし、グレンの母親は軟禁状態となり、家に残った。

徐々に話題は薄れて皆の記憶から消えてしまっただろうが、グレンの家は噂を相当嫌ったことだろう。グレンが活躍して噂になればなるほど、何故このアクア・ヴィーテではなく人間の国で成り上がったのかという話が出てくる。

グレンの母親は、辛く苦しい毎日を送ったに違いない。

同じ、ハーフエルフの家族を持つ自分には分かる。

だからこそ、グレンがエルフの国に対して明確な敵意を持っていてもおかしくはない。

そう考えた私は、グレンの一挙手一投足を警戒心を持って注視していた。

もう一人はただの人間であるというし、見た目的にも二十歳前後といったところだ。恐らく、中級の魔術が使える程度だろう。

警戒すべきはグレン一人である。

そう思って様子を見ていたのだが、どうも主導権はアオイが握っているようだった。

「こちらが、三位貴族であり元老院議員を務めていらっしゃるステイル議員の御屋敷である」

案内人が振り返ってそう告げると、グレンではなくアオイが頷いて前に出た。

「ありがとうございます。それでは」

「も、もう行くんじゃな。そうじゃな。折角ここまで来たんじゃものな」

戸惑う素振りを見せるグレンに、アオイは軽く頷いて先を歩く。

「もちろんです。その為に来たのですから」

それだけ言うと、アオイは臆した様子もなく貴族の家の門を叩いた。

すると、少しして門が内側から開かれた。現れたのは家令の男である。ステイル家は代々元老院の議員を輩出してきた名家の為、十人も使用人を雇っている。

普通の貴族ならば二人か三人程度なのだから、その凄さが分かるだろう。

その家令ともなると、五位程度の貴族ならば相応の態度で接するほどの重要な地位にあたる。

人間がそんなエルフの文化や常識を理解しているとは思えないが、アオイは丁寧に頭を下げて家令に挨拶をした。

「初めまして。フィディック学院のアオイ・コーノミナトと申します。ステイル家のご子息の方とお話をしたいと思い、参りました」

それに対して、家令は胸に片手を当てて一礼を返す。

「ご丁寧に……私はステイル家の家令を務めております、ポットと申します。ご用件について、当主に報告をさせていただきますので、暫くお待ちください」

ポットはそう言うと、再度一礼して屋敷の中へと戻っていった。

「家令というと執事長のことですよね？」

アオイが小さな声でそう確認すると、グレンが頷く。

「場所によるとは思うが、大体そういった役職じゃの」

「家令の方、自ら来客者の対応をしてくれるのは、グレン学長の存在故でしょうか」

「いや、単純にエルフの国は人手が足りないのじゃ。人口が少ないからの。ドワーフの国や獣人の国も同様じゃぞ」

「なるほど」

　二人がそんな会話をしていると、再び門が開かれる。

　顔を出したのはポットと女のエルフだ。家令が一歩後を付き従っている様子を見るに、ステイル家の奥方だろう。

「……ブレストに話があると聞きましたが、なんの用でしょうか？」

「はい。私はフィディック学院のアオイ・コーノミナトと申します。少々込み入った話となりますので、中でお話をさせてもらえたらと思うのですが……」

　アオイがそう告げると、奥方は目を鋭く尖らせた。

「それに従う必要も義務もありません。お引き取りくださるかしら？」

「いいえ、息子さんには聞く義務があります。息子さんの将来を思うならば、聞く必要もあるでしょう。もし、家に入るのが嫌なのでしたら、外でお話をするということでも構いません」

　奥方が威圧するように冷たい声音で帰れと告げるが、アオイは全く意に介していない。

　その態度を見て、明らかに奥方が苛立ちを見せた。

「……無礼ではありませんか？　突然、家を訪ねてきて、話をさせろなどというのは」

「申し訳ありません。しかし、ブレスト君の将来に関わる大切な要件です。その話をする為に、フィディック学院から参りました。どうか、お願いいたします」

　そう言って、アオイはもう一度頭を下げた。その態度を見て、奥方はこちらをちらりと盗み見る。

そして、姿勢を正して口を開いた。

「……わざわざ、遠い人間の国から息子の為に来てくれたというのなら、無下には出来ません。あまり長い時間は難しいですが、お話を聞くだけなら……」

奥方がそう答えると、アオイは微笑みを浮かべて頷いた。

「十分です。ありがとうございます」

と、思いのほか簡単に話はまとまった。

やはり、警護隊の我々が同行していることが影響したようだ。他国から子息の為に来たと言っているのに、それを門前払いしてしまっては流石に狭量過ぎると判断したに違いない。

「……少々気になる点があります。我々も同行してよろしいでしょうか」

ポットにそう確認すると、ポットは奥方を見た。

「警護隊の方々が同行したいと……」

「家の中にですか？　そこまでする必要が？」

「……グレン殿は大変実力のある魔術師とのことです。万全を期すならば、警護隊の方々が同席してくださるのは有難いことだと思います」

「……分かりました」

小さな声でそんなやり取りをして、ポットはこちらにふり向いた。

「お待たせいたしました。皆さまのご同行を歓迎いたします。どうぞ、こちらへ」

ポットはそう言ってグレン達と一緒に我々も屋敷の中へと案内をした。

第十章　やっぱり直接会うのが一番

【ＳＩＤＥ：グレン】

なんとか屋敷の中へ入れてもらうことが出来て、ホッと胸を撫で下ろす。

断られ続けたらアオイが怒りに任せてブレストを引きずり出す恐れがあると思い、内心では戦々恐々としていた。

だが、今のところは予想以上に平和的に話が進んでいる。

何とか、このままブレストに過ちを認めさせて、素直に反省の態度が見られたら……。

「……絶対無理じゃな。もう終わりじゃ」

ブレストとアオイの性格を考えて、早々に諦めの境地に達した。

ただでさえエルフの国に来ると居心地が悪いというのに、元老院の議員と揉めることになりそうである。

しかも、アオイの言い分である加害者の矯正はとても良いことだと思う為、無理に止めることも出来ない。

つくづく、学院の長としても、エルフとしても、自分は中途半端なのだと実感させられる。

きたる未来を想像して葛藤している内に、大きな広間に通された。

三十人はゆっくり食事をすることが出来そうな部屋である。エルフの伝統的な織物が壁に掛けられており、家具も一つ一つが良い木を使っていそうだった。

その部屋で、ポットからそれぞれ席を勧められる。中心の席に私とアオイ。その対面にステイル家の奥方が座った。そして、部屋の端から順番に警護隊の面々が座っていく。

「ブレスト様をお連れします。少々お待ちください」

そう言ってポットが退室すると、それを合図にしたかのように二人のエルフが飲み物を持って入って来た。輪切りにしたフルーツを入れた水のようだ。

懐かしい。

そんなことを思いながら、飲み物を受け取った。

エルフの国では一般的な飲み物である。乾燥させた果物を使ったお茶と合わせて良く飲まれる飲み物だ。

素朴ながら深い味わいを感じさせる果実水に満足していると、奥方とアオイが改めて挨拶をした。

「それでは、改めてご挨拶を……私はピーア・ステイルと申します。この度は、息子の為にわざわざ遠方よりありがとうございます」

「こちらこそ、急な訪問でも快く対応していただき、誠にありがとうございます」

お互いが微笑みを浮かべて挨拶をしている。

空気が緩みそうなものなのだが、何故か既に緊張感が漂っている気がする。いや、気のせいのはずだ。そうに違いない。

自分の中に芽生える嫌な予感を押し殺しながら、二人の微笑みを順番に眺める。

そうこうしていると、ポットがエルフの少年を連れて戻って来た。

見た目は十五、六歳に見えるエルフの少年、ブレストである。ブレストは私の顔を見て露骨に顔を顰めた。そして、アオイを見て眉根を寄せる。

「……学長？　それと……」

ブレストは警戒心も露わに、部屋の中へ入って来た。ポットに着席を促されて、無言で座る。

「初めまして。私はフィディック学院の教員で、アオイ・コーノミナトと申します」

アオイが挨拶をすると、ブレストは鷹揚《おうよう》に頷いた。

「……今更、学院の教員がなんの用で？」

面倒臭そうに、ブレストが聞き返してくる。

その様子を見て自分の方がハラハラしてしまう。何故、皆アオイを刺激するような態度を取るのだろうか。

せっかく懐かしい味を楽しんでいたのに、まったく落ち着かない。

アオイはブレストの態度を咎《とが》めることなく、ピーアに目を向けて口を開く。

「話の内容はブレスト君の学院での生活についてです。少し内容的に無関係な方に聞かせるものではないと思います。警護隊の方々は一時的に離席してもらえませんか？」

アオイがそう告げると、ブレストが首を左右に振った。

「……学長はエルフへ差別意識を持っている人なんで、警護隊は残ってください」

「え？　わしが差別じゃと？」

ブレストの発言に、思わず驚いて声を出してしまう。

何故、そんな話になっているのか。

疑問に思っていると、ブレストはこちらを見て、腹立たしそうに口を開いた。

「知らないとでも思っていたんですか。学長の力を使って、我々が魔術を学ぶことを邪魔していたでしょう？」

「な、何故、そんなことを……わしがそんなことをしてどうなるというのじゃ」

混乱しながらブレストに聞き返す。それに、ブレストは馬鹿にしたように鼻を鳴らして笑った。

「はは……皆知ってますよ。学長が自分の孫にだけ魔術を教えていることを。講義でも差をつけてたんでしょ？　そうでもなければ、出来損ないのソラレに俺達が負けるはずが無いんだから」

そう言ってブレストはこちらを睨んできた。

ブレストのその言葉を聞いて、まるで心臓を突き刺されたかのような衝撃を受ける。

まさか、わしがソラレに魔術を教えていたことが、虐めの原因となっていたのだろうか。

ソラレが喜ぶと思って行っていたことが、他の生徒達からは差別と受け取られてしまっていたのだろうか。

ソラレの学院生活を暗いものとしてしまったのは、まさか……。

頭の中で、様々な過去の記憶が蘇る。どうして良いかもわからず、ぐるぐると考えがまとまらない状態で動けなくなっていると、ブレストが息を吐くように笑った。

「……ほらな。俺が正しいから、何も言えなくなったんだ」

【ＳＩＤＥ：アオイ】

目の前で、ブレストがグレンを責め始めた。

それは突然のことであり、室内の全員が口を挟めずに二人のやり取りを耳にしていた。

問題児への家庭訪問となってしまう為、出来るだけ関係者のみで話を切り出そうと思っていたのだが、どうもそれどころではなくなってきた。

どうやら、自ら退学していったブレスト達はグレンに不満を持ってやめていったらしい。

虐めの原因は、馬鹿にしていたソラレが自分達よりも優れていることかと思っていたのだが、そうではなかったのか。

「……わ、わしは、そんなつもりでは……」

「どこが？　学長自ら一人だけ教えておいて、贔屓《ひいき》じゃないとでも？」

ブレストがそう告げると、ついにグレンは肩を落としたまま動かなくなった。

恐らく、グレンにそんなつもりはなかったのだろうが、確かに他の生徒がどう思うかはそれぞれの受け取り方次第である。

とはいえ、それが理由だったとしてもソラレを虐めて良いわけではない。そう思って、私は口を開いた。

「ブレスト君。学長の件は別として、今回来たのは別の理由です」

「いや、こっちの話が終わってないのに、なんで違う話をするんですか」

と、ブレストは話題の変更を認めなかった。

仕方が無い。納得するまで話をするしかないようだ。

「それでは先に学長の件について話をさせていただきます。グレン学長は、ソラレ君が魔術を教えて欲しいと言ったから、魔術を教えていただけです。そうですよね？」

「う、うむ。ソラレは魔術を学びたいという欲求が強かったからの。講義を受けるだけでは足りなかったようじゃ」

確認すると、グレンが頷いて同意した。それにブレストは鼻を鳴らす。

「それが贔屓でしょう。堂々と自分の孫以外を差別していたと言っているだけですよね」

その言葉に、グレンは見る影もなく落ち込む。

その姿を見て、少し腹立たしい気持ちになった。

「ちょっとお待ちください。どの教員もそうですが、魔術を教えてほしいと言えば皆平等に魔術を教えます。貴方は、グレン学長に魔術を教えてほしいとお願いしましたか？」

そう確認すると、ブレストは不機嫌そうに溜め息を吐く。

「俺がハーフエルフなんかに魔術を習ったりするものか。むしろ、わざわざエルフの俺が学院にいるんだから、どんな魔術を教えているか披露するのが筋じゃないか」

ブレストがそう言い放ち、盗み聞きしていたであろう警護隊の何名かが騒《ざわ》めいた。

流石に、とんでもない意見だったのだろう。しかし、母親であるピーアは当たり前のように頷く。

「当然です。実家に多大な迷惑を掛けて国まで捨てておいて、アクア・ヴィーテの貴族の子を冷遇するなど言語道断。半分とはいえ、その身に流れるエルフの血に恥ずかしいとは思いませんか」

と、無茶苦茶な理論を振りかざす。それには流石にグレンも閉口してしまった。

「……ピーアさん。もし、貴女がハーフエルフに生まれていたとしたら、そのように言われたらどう思うでしょうか。生まれる場所も種族も選ぶことは出来ないのだから、そのことを理由に見下したりしてはダメだと思います。それこそ、ブレスト君とピーアさんがグレン学長を差別していると受け取られることでしょう」

諭すようにそう告げたのだが、二人は目を吊り上げてこちらを睨んできた。

「……随分と品の無い方ですね。きちんとした教養を身につけていれば、エルフの貴族とハーフエルフの身分の違いを考慮して状況を把握できるというものでしょう？　生まれが何たらと意味の分からないことを言っても、私はエルフでグレンさんはハーフエルフ。貴女にいたってはただの人間でしょう？　差別ではなく、区別と思うのだけれど？」

勝ち誇ったようにピーアがそう告げると、ブレストが声を出して笑う。

「はっはっは！　母上の言う通りだ！　俺の父上はエルフの国でも有数の魔術師だぞ？　お前らなんか相手にもならないからな。むしろ、頭を下げて魔術を習うべきじゃないか？」

ブレストは高笑いをしながらそんなことを言った。

その台詞から、どうもエルフが特別な存在であるという感覚が強いように思う。

確かに、美しく長寿であり、魔術師としての素養に優れる人が多い。

だが、それでも他の種族を馬鹿にしてよいわけではない。

そう思って、私は二人を順番に見る。

「エルフよりも優れた人間やドワーフ、獣人もいるはずです。何故、エルフが最も優れていると決めつけるのですか？」

そう尋ねると、二人は呆気にとられたような顔になり、すぐに笑いだした。

「人間は初めて見ましたが、これほど愚かなのですか」

「お前じゃそこの警護隊の人達にも勝てないぞ」

そう言って、大きな声で笑う。

「……警護隊の皆さんも、同じ考えでしょうか？」

気になってそう尋ねたが、警護隊の面々は顔を見合わせて困ったような表情をしている。

答えはしないが、ブレスト達の主張がエルフの一般常識というわけではなさそうだ。

「……それでは、僭越《せんえつ》ながら私が人間の魔術師もそれなりの知識を持っているということをお教えいたしましょう」

私の言葉に嘲笑うようにしてこちらを見るブレストとピーア。

さて、どんな魔術を使えば、人間もやるものだと思ってもらえるのか。私の肩に、人間達の威信が掛かっている。

そんなことを考えていると、警護隊隊長のエルフがそっとこちらに歩み寄って来た。

確か、名はシーバスといっていた気がする。

「アオイ殿……悪いことは言わん。発言を撤回せよ。エルフの貴族というのは伊達ではない。特に、エルフの祖に近い、長い歴史を持つ家は押並べて魔術の技術が高い傾向にある。ステイル家はその中でも特に古い一族だ。言いたいこともあるだろうが、逆らうことはしない方が良い」

と、シーバスは固い声で言った。どうやら、私やグレンのことを案じているらしい。

こちらの常識に合った反応をするエルフを見ることが出来て、少し安心した。

しかし、その言葉に甘えて己の意思を曲げるわけにもいかない。

ソラレに対して謝罪する気持ちだけでも持ってもらいたいからだ。

「ありがとうございます。しかし、教員として私も引くことが出来ません。まずは、エルフが特別であるという認識を変えてもらおうと思います」

そう告げると、シーバスは眉根を寄せた。

エルフの自尊心を傷つけてしまっただろうか。いや、彼はそういうタイプではなさそうだ。

そんなことを思っていると、ピーアが溜め息を吐いて片手を挙げた。

「エルフの魔術は他の種族には扱えないと聞きますが、どうですか？」

ピーアは迫力のある笑みを浮かべてそう呟き、詠唱を始めた。

精霊の力を借りるといった内容の詠唱で、何をしようとしているのか判断が難しい。詠唱というよりも、祈りに近いものなのかもしれない。

興味深く眺めていると、詠唱を終えたピーアが嘲るように口を開いた。

「己の身を守る魔術も使えないのですか？　それとも、私が魔術を発動させるわけがないと思って余裕をみせている、と？　どちらにしても、愚かな限りです」

そう言って、不思議な言語で魔術名を唱える。

ピーアが魔術を発動させると同時に、室内にいた警護隊が私やグレンの前に水の壁を発動させた。

薄い膜のような水の壁だが、性質が変化しているのか、少し不思議な水膜となっている。

対して、ピーアの前には青い炎がふわりと浮かんでいた。

「奥方様。いくら何でも来客を突然攻撃するのは問題ではないでしょうか。寛大な態度こそ、ステイル家の名声をより高めてくれるものと思います」

シーバスが相手の自尊心を刺激しないように配慮しつつ、魔術の行使をやめるように促す。

しかし、それに対してブレストが嗜虐的な笑みを浮かべた。

「いいや、無礼者を裁いてこそステイル家の面子《メンツ》が保てるというものだろうさ」

ブレストがそう告げると、ピーアは頷く。

「その通りです。さぁ、この魔術をどう受けるのか、見せてください」

勝ち誇ったようにそう言うと、ピーアは発動した魔術をこちらに向けて動かした。

炎が近づくだけで、警護隊の発動させた魔術をじわじわと侵食してしまう。緩やかながら、確実に水の膜が削られていっているようだ。

それに、シーバスが焦ったように口を開く。

「今すぐ魔術を止めてください！　これ以上は冗談では済まない！」

最終警告ともとれる言葉。さり気なく周囲を確認すると、警護隊の何人かがブレストとピーアに対して魔術を発動できるように準備していた。

これは流石にまずい。

「凍る刻《アイスタイム》」

素早く魔術を発動して、青い炎も水の膜も凍り付かせて粉々に砕いた。

「……よし、これで問題ありませんね」

決定的な衝突となる前に防ぐことが出来た。そう思ってホッと一息吐く。

すると、ピーアとブレスト、更に警護隊の面々が驚愕の目をこちらに向けた。

「い、今のは貴女が？」

「そんな馬鹿な！」

ピーアとブレストが驚きの声を発する。

「……まさか、無詠唱？」

「あれだけの魔術をいつの間に……」

シーバスを代表として警護隊の隊員も口々に茫然と呟いた。

それを見て、グレンが顎髭を撫でながら口を開く。

「……申し訳ないが、アオイ君はフィディック学院でも最高クラスの上級教員じゃ。君らでは勝てんぞい」

何故か、グレンが得意げにそう告げた。

「……挑発している風になっていませんか？」

心配になって確認するが、グレンは聞いていない。

ドヤ顔でピーアを見下ろしているところを見ると、黙って聞いているように感じたがやはり腹を立てていたのだろう。

気持ちは分かるが、ピーアとブレストが黙っているはずが無い。

「さては、氷を操るエルフの秘宝を持っているのですね？　そうでなければ、人間があんな魔術を使えるはずがありません」

「そ、そういうことか！　流石は母上！」

ピーアの推測にブレストが三下のような態度で納得した。

意外と面白い親子なのかもしれない。少しステイル家の評価を改めつつ、二人の会話に口を挟む。

「エルフの秘宝とは、魔道具のことですか？　私も研究して作っています。その魔術具を見せたら、魔術の知識があることが分かりますか？」

エルフに認めてもらう良い糸口になるかもしれない。

そう思って提案したのだが、ピーアは顔を顰めてしまった。

「エルフの秘宝を、人間の魔術師が作る程度の魔術具と同じと思わないでいただきたいですね。それでは、氷の魔術で防ぐのが難しい土の魔術はいかがですか？」

不敵に笑い、ピーアが新たに詠唱を始める。

それに気が付き、今度こそとシーバスが片手を前に出して口を開いた。

「奥方様！　これ以上はお止めください！　それこそ捕縛の対象となる可能性も……っ！」

頼むから、これ以上問題を起こさないでくれ。シーバスの声にそんな必死さが感じられた。

やはり、同じ国の貴族ということでかなり気を遣っているのだろう。流石にシーバスが可哀想になってきた。

「大丈夫ですよ。我々は魔術を使われたことを問題にはしません。大事にはしないつもりですから、皆さんは安心して見ていてください」

そう言うと、シーバスは信じられないようなものを見る目でこちらを見る。

「も、問題にしないもなにも、室内であんな魔術を使えば必ず大事に……」

困惑するシーバスと、こちらの言葉は無視して魔術の詠唱を開始する警護隊の隊員達。

警護隊はまともな対応をしているのだから、それを咎めることはない。

そうこうしている内に、ピーアが詠唱を終えて魔術を行使する。

また特殊な言語で魔術名を口にした。

「後悔しても遅いですよ」

冷たい声で、ピーアがそう言った。

直後、ピーアの周囲にボウリングの球ほどの大きさの丸い岩が現れる。空中に浮かぶ岩は分裂でもしたかのようにどんどん増えていき、最終的には二十個以上にもなった。

あれが音速で飛んでくるとかならば、かなりの脅威である。

鉄球を飛ばすタイプの大砲と同等の威力となるだろう。

脅威と判断したからこそ、素早く対処する。

「……砂塵切削《サンドブラスト》」

魔術名を口にした瞬間、高密度の砂嵐が壁となって私とピーアの間にあるすべての物を削りとった。ピーアが飛ばそうとした岩だけでなく、家具や壁と床の一部も削られて消失した。

その間、僅か一秒にも満たない。瞬きをしている間に、目の前に真っ黒な壁が現れ、壁があった場所は激しい轟音と共に消えてしまったのだ。

どんな魔術か知っている者にしか、何が起きたのかも分からないだろう。

「……え？」

ピーアが間の抜けた声を出し、ブレストやシーバスが目を瞬かせる。

一瞬、室内に沈黙が広がったが、すぐに警護隊の方から困惑の声が聞こえてきた。

「……な、なんだ？　何が起きている？」

「に、人間じゃなくて、伝説に出てくる魔王か何かじゃないのか……」

誰かが失礼な感想を述べたので、一瞥して黙らせておく。

「ば、馬鹿な……こんな魔術、聞いたこともない……」

ブレストが小さくそう呟いたのだが、静かな室内ではよく響いた。

それを見下ろして、グレンが浅く頷いて口を開く。

「……これが、フィディック学院の上級教員の実力じゃ。さて、本当にアオイ君が頭を下げて魔術を教えてくださいとお願いをする立場なのじゃろうか……むしろ、山の中から出てこず、他の国がどれだけ進歩しているかも知らずに過ごしているエルフ達こそ、アオイ君に頭を下げて魔術を教えてもらうべきなのではないかね？」

グレンはそう言って、仰々しく首を左右に振った。

どうもピーア達が驚愕していることで調子に乗っているようだが、目的を間違えてはいけない。

今日は、エルフの自尊心を傷つける為に訪れたわけではないのだ。

「学長、そんな冗談を言っている状況ではありません。今日は、ブレスト君の生活態度や過度な選民思想についてお話をする為に家庭訪問をしているのですから」

そう言うと、グレンはハッとした顔になって身を小さくした。

「……面目ない限りじゃ。調子に乗ってしまった。ハーフエルフや人間を馬鹿にするからじゃぞ、バーカなどと思ってしもうた……わしは学長失格じゃ……」

エルフの国に来て情緒不安定になってしまったのか、グレンはぶつぶつ言いながら背を丸める。

その様子を横目に見つつ、私はピーアの方に向き直った。

ビクリと、ピーアが身を固くする。

「これで、話は聞いてもらえますか？　それとも、もう少し魔術を見せる必要がありますか？」

確認すると、ピーアは何か言おうと口を開くが、すぐに閉じた。

やがて、悔しそうに視線を逸らしながら答える。

「……話だけでも聞いてあげましょう」

「ありがとうございます」

不承不承ながら了承してもらい、謝辞を述べる。

本題に入る前にブレストの様子を確認すると、苛立ったような顔でこちらを睨んでいた。

「……それでは、学院で起きたことを簡単に説明します」

そう前置きして、私はソラレが受けた虐めと、それを主導した人物の一人がブレストであることを伝える。

また、グレンが差別していたのではなく、ブレストがエルフ以外を下に見ていたが故に講義をまともに受けることなく、結果としてソラレに成績で負けてしまったのだとやんわり伝えた。

その話をピーアは黙って聞き、不満そうに口を開く。

「……話は分かりました。しかし、それはそちらのハーフエルフの意見でしょう？　ブレストがそんなことをしたという証拠にはなりません」

はっきりと、ピーアがブレストを庇う。

我が子を信じるというのは親として正しい感情だろう。

愛情が深いことは良いことなのだが、時には過ちを認めて叱るということも必要になると思う。

「ピーアさん。目撃者は多いですし、多くの証言もあります。ブレスト君がハーフエルフやエルフの血が入っているといった趣旨で虐めを行ったことは間違いありません」

そう告げると、ピーアはムッとして口を開いた。

「エルフの血が薄いことは事実でしょう？　馬鹿にしたわけではなく、事実を指摘しただけでは？」

と、ピーアが開き直ってしまう。それに頷いてから、自分の意見を伝えてみることにした。

「エルフの血が薄いことは問題ではないですし、それを下に見ることもあってはならないと思います。逆に、人間がエルフを相手に差別をしたらどう思われますか？　エルフよりも人間の血が入っているハーフエルフが優れていると扱った場合、エルフだからと虐めを受けることになるでしょう。

ソラレ君が受けたように、ブレスト君が指を差して笑われて、石を投げられる。それが常識だと言われたら、従いますか？」

例え話をしてソラレの立場を理解してもらおうとしたが、ピーアは顔を真っ赤にして怒り狂ってしまった。

「ふ、ふざけたことを言わないでちょうだい！　なんで、エルフの方が劣っているなんて話に……」

「もし、魔術の知識や技術をもとに優劣をつけるというならば、その可能性は十分にあります。申し訳ありませんが、この部屋の中でグレン学長と私に魔術で勝てる人はあまりいないのではないでしょうか？」

反論すると、ピーアはすぐに言い返すことが出来ずに押し黙る。

代わりに、ブレストが口を開いた。

「ち、父上ならばお前らなんか相手にならない！　大体、グレン学長は人間の世界で最高の魔術師なんて呼ばれているんだから、エルフの中で最高の魔術師が相手をするのが筋だろう!?」

ブレストが必死に言い返してきたが、それは私の望む展開である。

エルフの国で最高の魔術師に会えるというならば、違う意味で本望なのだ。

「それは誰でしょう？　是非とも会ってみたいのですが」

前のめりになってそう告げると、ブレストはウッと息を呑んで後退った。

そこへ、シーバスが片手を挙げて口を挟む。

「……もし、最高の魔術師は誰かと問われたら、エルフの国では皆が王の名を答えるだろう。エルフの王、リベット・ファウンダーズ・トラヴェル陛下の名を」

「エルフの王……では、そのリベット陛下にお会いしてみましょう。流石にすぐには会えないでしょうから、後日謁見の約束を取り付けてから、となりますでしょうか」

シーバスにそう答えると、ピーア達も警護隊の面々も目を丸く見開いて固まった。

気軽に王に会うという発言は、やはり常識外れだっただろうか。

最近、様々な国の王族や重鎮に会っている為、感覚が麻痺してしまっている。

内心で反省していると、シーバスは肩を揺すって笑った。

「面白い人だ。私が会ったことのある人間は、もう少し気が弱かったと思うが……陛下は好奇心が強い方だから、予定が埋まってなければ比較的早く会うことが出来るだろう。恐らく、数日中に会えるようになると思う。近衛魔術師団に人間の国で最高の魔術師が来ており、陛下に挨拶をしたいとだけ伝えておこうか」

「助かります。ただ、明日は別の国に行かなくてはなりません。五日後にはまた戻ってきますから、その時にどうなったか聞かせてもらってもよろしいですか？」

そう告げると、シーバスは首を傾げる。

「……明日、別の国へ行く？　コート・ハイランド連邦国の国境付近の町でも、片道一週間はかかるだろう。どうやって行くつもりだ？」

と、当然のように疑問を呈してくる。それに私が答える前に、グレンが鷹揚に頷いて答えた。

「それが当たり前の反応じゃな。しかし、驚くべきことに、アオイ君の飛翔魔術は世界屈指の速度と飛翔時間を誇っておる。わしも吃驚《びっくり》したのじゃが、ヴァーテッド王国からこの国まで一日も掛からんかった。なんなら半日かかっておらん。とんでもない話じゃぞ、これは」

グレンがそう答えると、今度こそ皆の時間が止まってしまったのだった。

◇

エルフの国で認められるには、エルフの王に魔術で認められる必要がある。

ピーアの発言からそれが最も早いやり方だと判断した私は、そこまで話をしてエルフの国から出ることにした。

「それでは、また参ります。五日後には戻って参りますので、次は是非ご両親揃った状態でお話をさせてもらえたらと思います。よろしいですね？」

そう尋ねると、ピーアとブレストは不満そうに頷く。

「……その時には、自分がどれだけ思い上がっていたか理解させられるでしょう」

「父上に会えば、陛下に会うなんてとんでもないことを言ったと思い知ることになるぞ」

ピーアとブレストは親子らしく似たようなことを言ってきた。それに微笑み、頷く。

「楽しみにしております」

二人に返事をしてから、シーバスに顔を向ける。

「本日はありがとうございました。本当なら一泊して移動しようかと思っていましたが、日が暮れきるまで少し時間がありますし、少し早いですが出発をいたします」

早く用事を済ませて、出来るだけエルフの国に長居をしたい。そう思っての行動である。

急な計画変更だったが、グレンは「なんでも良いぞい」と承諾してくれた。

「……本当に飛翔魔術を使えるのか？　どう考えても無謀な……」

「ご心配ありがとうございます。でも大丈夫です。飛翔魔術は良く使っているので……このように」

心配するシーバスに苦笑を返して、飛翔魔術を実際に使って見せる。

ふわりと馬車が浮かび、グレンが窓から顔を出して周りを見る。

「うむ！　風が見事に馬車を包んでおるの！　なるほど、なるほど……！」

私が教えた飛翔魔術の仕組みを思い出しながら、グレンが興奮気味に魔力の流れや風の動きを確認した。

「それでは、今度こそ失礼いたします。また、五日後にお会いしましょう」

そう言って空中で頭を下げると、ポットだけが唯一礼を返していた。他のエルフ達は皆茫然と私達のことを見ている。

皆に軽く手を振って、高度を上げる。木々が高い為、かなり高度を上げる必要がありそうだ。

空は快晴。風も少なく、気持ちが良い。

次はコート・ハイランドに家庭訪問に行き、一旦フィディック学院に戻ってソラレに課外授業を行わなければならない。

まだまだ解決することは多く、どうなるか先々不安ではあるが、何とか解決の糸口は見えた。

「さぁ、行きますよ」

顔を上げて、私は自らを奮い立たせるようにそう言うと、一気に飛行速度を上げて大空を飛んでいく。

第十一章

国の違いはあれど、やることは変わらないアオイ

コート・ハイランド連邦国に寄ってみると、こちらは反対にフィディック学院からグレン学長が来訪したと大騒ぎになった。

エルフの国とは違い、素直に他国の重鎮がアポ無し訪問したという驚きで騒いでいるような状態だ。少し派手なマントと鎧の騎士に案内されて大きな建物に通された。そこで、瞬く間に大勢の人に囲まれてしまう。

「こ、これはグレン侯爵！　お久しぶりです！」

「お、おお。これはこれは……久方ぶりですな。いや、この度は突然来てしまい申し訳ない。新任のアオイ先生が是非コート・ハイランドに行きたいと言うもので……」

髭を生やした太った中年の男と挨拶を交わすグレン。どうも相手の男性のことを忘れてそうだが、何とか話題を変えて誤魔化している。

だが、そのせいで男の目はこちらに向いてしまった。

「おお！　貴女が噂のアオイ殿でしたか！　噂通りとてもお若いようですが、グレン殿にも迫る実力を持つ魔術師であるとか……なんとも恐ろしいまでの才能ですな！　もし良かったら、今晩は我が屋敷でお食事でもいかがでしょうか？　ささやかながら晩餐会を準備いたしますぞ！」

男がそう言うと、すぐ後ろから背が高い中年の女が口を出してくる。

「ちょっと！　なんで貴方の家でするのよ!?　どさくさに紛れてセコいじゃない！」

「そうだ！　今回は準備もしていないのだから、貴賓室を使って歓迎すべきだろう!?　それぞれ代表議員が中心となって……」

「いや、まずは方針を決める為に会議を行わねば……このままでは意見などまとまりようがないではないか！」

　と、あっという間に場は討論会さながらといった様相になってしまった。

　それを驚いて眺めていると、グレンが苦笑しながら顔を寄せて口を開く。

「……コート・ハイランドは小国が集まって出来た大国での。小さな国の王族や大貴族が議員となり、話し合いをして国を運営しておる。そんな体質だから、なんでも決断をするのが遅くなるのじゃ。商売は上手なんじゃがのう」

　そう言われて、成程と頷く。

「王政を敷く国よりも動きが遅い……その代わり、暴君や暗君が生まれる可能性は低い、ということですね。各議員が競い合って商売をしているなら、経済的には今後も成長していきやすいでしょう」

　グレンの言葉に自分なりの感想を述べた。すると、グレンは目を瞬かせて私の顔を注視するように見た。

　そこへ、騒いでいた男女の一人が振り向く。最初に話しかけてきた髭の男だ。

「いや、お待たせして申し訳ない。それで、そういえばまだ来訪されたご用件をお伺いしていなかったと思いまして……」

「ああ、それが……」

男の質問に、グレンが眉をハの字にして困ったような顔を作り、こちらをちらりと見た。

虐めっ子を訪ねてきたとは言い辛いのだろう。仕方なく、私が答えることにした。

「この街に、ダーフ・タウンという方がいると聞いてきました。フィディック学院の卒業生なのですが」

そう告げると、男は目を瞬かせる。

「タウン家の嫡男ですか。それは、そこにその母親がおりますから……」

男がそう言って男女を振り返ると、先ほどの背の高い女が眉根を寄せて顔を上げた。

◇

「……い、虐め、ですか?」

タウン家の夫人、レイン・タウンは表情を引き攣らせて言葉を復唱した。

別室に移動して、グレンと私、レインの三人だけで話をさせてもらっているのだが、レインは周囲を見回すように確認して、もう一度口を開く。

「そ、その……何かの間違いではありませんか? まさか、グレン学長のお孫さんを……」

不安そうに聞き返すレインに、グレンは何とも言えない表情で顎を引いた。

レインの視線がこちらに向く。それを真っすぐに見返して、静かに口を開いた。

「私が見たわけではありません。しかし、ソラレ君本人の証言だけでなく、様々な生徒や教員の証言があります。間違いである可能性は低いでしょう」

そう告げると、レインは頭を抱えるようにして項垂れた。

「そんな……その、今はもうダーフは、当主候補として議員の見習いをしておりまして……と、当人には謝らせますから、出来ることなら……」

激しく狼狽した様子のレインが、テーブルに頭を押し付けるような恰好でそんなことを口にする。

言い訳でも謝罪でもなく、息子の保身を願う内容だ。

しかし、それは母親の気持ちとして当然なのかもしれない。そう思い、私はレインに頷いて答える。

「はい。なにも公にして罪に問おうなどとは思っておりません。グレン学長は此処《ここ》に来るという選択肢も考えておりませんでした。ただ、私がこのままではいけないと思って独断で訪ねさせてもらったのです」

「ほ、本当ですか……？　そ、それでしたらすぐにでもダーフを呼んで参りますので……」

レインは途端にホッとしたような表情を浮かべ、すぐに部屋を出ていった。それを見送り、自然とグレンの顔を見る。同じタイミングで、グレンもこちらに顔を向けた。

「……タウン家は名門でな。代表議員を輩出している家だけに、醜聞は大きな問題となるじゃろう。

それこそ、次の議員としての立場や発言力が弱まるほどに影響を受けるはずじゃ。ただ、他国でいうところの上級貴族の嫡男として育ったダーフ君は、子供ながらに少々増長し過ぎておった。その彼が、少しでも他者を思いやる心を育てておってくれたら、何も言うことはないのじゃが……」

グレンは複雑な表情でそう語る。

しかし、内容は優しさに溢れているというよりも、甘過ぎると言った方が良いだろう。

日本でも陰湿な虐めをしていた生徒は多くいた。そして、そういった生徒の親を呼んで面談をしたところで、上手く更生するかは半々といったところだった。

中には進んで退学を申し出る生徒もいた。虐められる方が悪いと言う保護者もいたのだ。虐められた子供は、もしかしたら人生が変わってしまうかもしれないというのに。

「グレン学長。きちんと心から反省をするということが大切です。それがダーフ君の口から聞けたなら、それで良しとしましょう」

「……聞けなかったらどうなるんじゃろう」

「聞けなかったら……」

「い、いや、言わなくて良いぞい」

グレンとそんな会話をしていると、部屋の扉をノックする音が聞こえた。

「失礼します」

そう言って、外から扉を開けてレインが入ってくる。その後ろには、背の高い青年の姿があった。

気の強そうな、大きな体軀の青年だ。

「……どうも、グレン学長。お久しぶりです」

ダーフはきちんと背筋を伸ばして一礼した。それにグレンは手を挙げて応える。

「おお、久しぶりじゃのう。元気にしておったか」

グレンがそう口にすると、ダーフは微妙な顔で頷いた。

「はい……それで、学生時代の虐めの話をされに来た、と聞きましたが」

ダーフがそう言うと、レインが険しい顔で振り向く。

「ダーフ！　謝罪をするように言ったはずですよ！」

レインが怒鳴ると、ダーフは眉間に皺を寄せつつも溜め息を吐き、頭を下げた。

「この度は、自分の学生時代の行いでご迷惑をお掛けしました。己の行いを恥じるばかりです。また、わざわざ、こんなところまで来るほどお怒りだとは思わず、早くに謝罪に向かうべきだったと反省をしております」

ダーフがそう言ってグレンを見ると、苦笑しつつグレンが頷く。

「いや、反省をしてくれたなら良いのじゃよ。今後は、多種多様な種族や性格、身分の者がおるということを理解して、他者を尊重するように気をつけるのじゃぞ」

「はい、分かりました」

グレンが諭すように告げると、ダーフはすぐに頷いて答えた。

レインは深く息を吐いて胸を撫で下ろしており、グレンも苦笑しつつこちらを振り向く。

「ダーフ君は反省していると言っておるし、もうこれ以上は問わないでおこうかの？」

グレンはダーフの言葉を素直に謝罪と受け取り、溜飲《りゅういん》を下げたらしい。

だが、私はダーフの言葉を心からの謝罪とは受け取れなかった。

「ちょっと待ってください」

グレンにそう前置きしてから、ダーフに向き直る。

「ダーフ君。先ほどの言葉はグレン学長に対しての謝罪に聞こえてしまいました。ソラレ君に対して、言うことはありませんか？」

尋ねると、ダーフは片方の眉を上げて私を見下ろした。

「……貴女は、新任の教員ですか？　貴女は自分の学生時代には学院にいなかったと思いますが、なぜそんなことを言われないといけないのですか？」

「私がいたかどうかは関係ないと思いますが……ソラレ君は深く傷つき、いまだに講義に出ていません。その原因を作ってしまったという自覚はありますか？」

少し苛々《いらいら》した様子のダーフに聞き返すと、ダーフは鼻を鳴らして肩を竦める。

「正義を振りかざしたいようですが、見当外れですよ。主犯はグレン学長やソラレと同じエルフです。まぁ、向こうは純血のエルフですがね。一緒になって遊んだりはしましたが、自分が自らソラレを虐めたなどという事実はありません。ただ、学院を騒がせたこと、ヴァーテッド王国の侯爵であるグレン学長を怒らせてしまった事には謝罪をしなくては、と……」

ダーフはさも当たり前のように言い逃れを口にした。

自らに責任は無いというような言葉を聞き、思わず怒りが湧く。

「……なるほど。実行した主犯でなければ、虐めの責任は無いと言いたいのですね？」

そう口にすると、誰よりも先にグレンが冷や汗を流して口を開いた。

「あ、アオイ君……穏便に、穏便にいこうじゃないか」

慌てた様子をグレンが見せると、レインも顔を引き攣らせてダーフの背中を叩く。

「ダーフ!?　あなた、何を言っているの!?」

大声で怒鳴るレインに、ダーフは眉間に皺を作った。

「母上、これは本当のことです。自分が直接ソラレを虐めたなどということはありません」

ダーフはそう言って、こちらを睨んだ。それに深く溜め息を吐き、首を左右に振る。

「……主犯で無いのなら罪は無い、ということですね。それなら、ミドルトン陛下、ディアジオ陛下、ラムゼイ侯爵、ロレット公爵、グランサンズ王、アイザック代表議員などの各国要人にそのことを話しましょう。私が、個人的にタウン家と敵対関係にあり、今後はコート・ハイランド連邦国とも付き合うことは無いようにする、と」

そう告げると、ダーフはきょとんとした顔で首を傾げた。

「……はぁ？　そんなことをしてなんになるというんだ。あんたが、各国の代表を動かせるとでも言う気か？　そんなこと、グレン学長でも……」

ダーフが馬鹿にするような顔で何か言っていたが、そこに顔面蒼白になったレインが走り込んできた。

「お、お、お待ちください！　そ、そのようなことは……っ！　ダーフには、強く言っておきますから！　ぎ、議員への道を閉ざしても構いません！　ダーフは議員の候補から外し、弟のアーティを議員見習いとしますので……っ！」

レインがタウン家存続の為に必死に頭を下げ、息子に罰を与えるといった内容の話をする。

それにグレンが気の毒そうな顔をするが、ダーフは顔を引き攣らせてこちらを見た。

「ちょ、ちょっと待て！　なんで、俺を候補から外すなんて話になるんだ!?」

ダーフがそう怒鳴ると、グレンが困ったような顔で口を開く。

「……アオイ君は今や各国の注目の的での。どの国もアオイ君を引き込みたいと思っておる。そこに、良い交渉材料となる話がくれば、皆も協力するじゃろう。対して、議員見習い一人の為にそんな重大な事態に陥ったとなれば、コート・ハイランド内でのタウン家の立場は失われるも同然じゃよ」

グレンが簡単に状況を解説すると、ダーフは顔色を失った。

そして、すぐに怒りに満ちた顔でこちらを振り向く。

「き、汚いぞ！　それが教員のやり方か!?　それこそ暴力だろうが！」

怒りをぶちまけるダーフに、私は軽く息を吐いて首を左右に振った。

「先ほど、ダーフ君が言ったではないですか。直接何かするわけではありませんので、私に罪はありません。私はただ、タウン家を許さないと口にするだけです。それでどの国が動くかなんて考えていませんから。それでタウン家が取り潰しとなったとしても、私の責任ではありませんよね」

そう告げると、レインが涙を流しながら謝罪を繰り返し、グレンが慌てた様子で宥《なだ》めに来る。

一方、ようやく事の重大さを認識してきたダーフが額に汗を流しながら頭を下げた。

「も、申し訳ありませんでした……っ！　まさか、そんな立場の人であるとは知らず……」

「まさか、こんな状況になってもソラレ君ではなく、私に謝罪をするつもりですか？」

謝罪の言葉を口にしようとするダーフに釘を刺すと、背筋を震わせて首を左右に振る。

「い、いえ！　申し訳ありません！　そ、ソラレに、ソラレ君に謝罪をさせていただきます！」

ようやく、ソラレへの謝罪の言葉が出た。それに肩の力を抜き、頷く。

「……心から反省するならば許しましょう。今後、アイザックさんにはダーフ君の生活を報告してもらいます。もし、弱い者を虐げるようなことがあったら、私が直接お仕置きに来るとします。良いですね？」

そう告げると、真っ先にレインが感謝の言葉を口にする。

「あ、ありがとうございます！」

「……ありがとうございます」

遅れて、ダーフも頭を下げる。その態度をどう受け取ったのか、レインが鬼のような形相で睨んで口を開いた。

「ダーフ、貴方の議員への道はもうありません。家を出されたくなければ、心を入れ替えてアーテイの部下として精進なさい」

「そ、そんな馬鹿な……っ！　俺はもう謝罪を……」

レインの言葉に愕然としてダーフが色々と口にするが、もう一切話は聞いてもらえなかった。

そこまでするつもりは無かったが、どうやらレインの逆鱗に触れたらしい。

もう覆せないと悟ったのか、ダーフは崩れ落ちるように地面に座り込んだ。

その姿を見ると、流石に可哀想かなと感じて思わず口を出してしまう。

「もう反省したようなので、それ以上は求めませんよ？」

そう告げると、レインは険しい顔で首を左右に振った。

「いいえ、先ほどの息子の言葉を聞き、自分の育て方が間違えていたのだと悟りました。タウン家の名誉の為にも、罪に相応しい罰を与えようと思います」

レインがハッキリとそう告げて、ダーフは茫然としたように項垂れたのだった。

◇

「……少々やり過ぎてしまいました」

反省の言葉を口にすると、飛翔魔術で浮かぶ馬車の中でグレンが唸る声がした。

「そうじゃのう……流石に可哀想じゃったが、ソラレの気持ちを思うと正直スッキリ……いやいや、学院の長たるわしが贔屓してはいかんの。うむ、可哀想じゃった」

グレンのそんな言葉に頷き、遠くを見つめる。

「戻ったら、アイザックさんに伝えてダーフ君の罰が軽くなるように進言してもらえないか聞いてみます」

私がそう言うと、グレンはしばらく黙ってから口を開いた。

「……そうじゃの。うむ。アイザック殿ならば上手く取り計らってくれるじゃろうて」

そんな会話をしながら、私達は無事にフィディック学院へと戻ってくることが出来た。

◇

「……え？　エ、エルフの国に？」

ソラレが目を見開いて驚くと、食事を運んできた小柄な女性は面白そうに微笑んだ。

「ええ。虐めっ子を更生させるとのことです。ただ、虐めっ子の方よりもグレン学長の方がやつれて見えましたが……」

そう言って、女性はころころと笑う。

ソラレはまだ信じられないといった表情で目を瞬かせて、口を開いた。

「……あの、ブレストを？　え、エルフの国は人間を見下しているみたいだし、話も聞いてくれるか分からないけど……」

「いえいえ、あのアオイ先生なら大丈夫でしょう。まだ会ってそれほど経っていませんが、若いのにとても説得力のある方です。少し、強引な気もしますが」

「ご、強引過ぎると思うけど……が、外交問題とかならないのかな……？」

ソラレが驚いてそう口にすると、女性は噴き出すように笑った。

「いえいえ、それがエルフの国だけじゃないみたいですよ。グレン学長が言うには、その足でコート・ハイランドにも行ったそうで……」

「コート・ハイランド……ダーフのところにも!?」

声を裏返らせてソラレが驚く。どれほど大事か分かっていないのか、女性は楽しそうに笑っているが、ソラレは顔面蒼白である。

「……ア、アオイ先生に怖いものってないのかな……」

アオイの行動を聞いたソラレは、現場を見たわけでもないのに背筋を震わせてそう呟いたのだった。

第十二章 ― 課外授業

学院に戻り、休みの日に郊外に出て課外授業を行う準備をする。

広場をつくり、周囲に迷惑をかけないように壁で囲った。野球場のような形だ。

学院内を自由に歩き回ることも嫌がっていたソラレも、街の外に作ったこの広場なら問題はないだろう。誰かの視線を気にすることも無く、魔術に集中できるはずだ。

そう思って準備をしたのだが、課外授業当日にソラレは姿を現さなかった。

日時は改めてきちんと伝えているので、日にちを勘違いしているということはないだろう。

単純に課外授業のことを忘れているのなら良いが、学院を出て街中を歩いてここまで来ることが出来ないというのなら問題である。

学院内は目立つだろうし、街中では魔術の練習など出来ない。

馬車か何かで連れてくるべきだろうか。

そんなことを思っていると、課外授業に参加するフェルターが腕を組んで唸った。

「……ソラレは？」

フェルターが不機嫌そうに呟くと、同じく課外授業に来ていたシェンリーとディーンが顔を見合わせる。

「もしかしたら、課外授業をやるということを忘れてしまっているのかもしれませんね」

私がそう告げると、フェルターは鼻から大きく息を吐き、組んでいた腕を解いた。

「……連れて来る」

それだけ言って、フェルターはこちらに背を向けた。

「あ、無理に引《ひ》き摺《ず》り出すような真似はしてはいけませんよ」

フェルターの背中にそんな声を掛けたが、返事は無かった。

残されたシェンリーとディーンが不安そうにこちらを見る。

「……大丈夫でしょうか？」

「フェルター先輩、強引だから……」

二人はそんなことを言って口を噤んだ。

今回は、非公式だがソラレにとって久しぶりの講義ということもあり、あまり人数は集めずに課外授業を行うことにした。

なので、この広い会場にいるのは私とシェンリー、そしてディーンだけだ。後でソラレを連れてくることに成功したら、フェルターとソラレが加わって五人となる。

フェルターを呼んだのはソラレにとって元々顔見知りだからなのだが、もしかしたら失敗だったのだろうか。

少し不安になりながら待つこと約三十分。

フェルターが戻って来た。

一人に見えるが、やはり失敗したのだろうか。

そう思って近づいてくるフェルターを見ていたのだが、どうやら後ろにもう一人いるようだった。

少女と見まがうような小柄な人影だ。

「ソラレを連れてきた」

フェルターがそう言うと、その背後から恐る恐るといった様子でソラレが顔を覗かせる。

怯えの色を目に浮かべて、泣きそうな表情で皆の顔を順番に見る。

「こんにちは、ソラレ先輩」

「あ、ぼ、僕は、ディーン・ストーンと申します」

若干緊張した面持ちで二人が挨拶をすると、ソラレはフェルターの後ろに隠れたまま浅く顎を引いた。返事をする様子もないソラレに、フェルターが苛々した様子で手を伸ばし、背中を叩くようにしてソラレを前に押し出す。

「わ、わわわ……」

顔面蒼白で悲鳴を上げながらソラレが前に出てきた。

転びそうな体勢になりながらも、皆から視線を受けて慌てて背筋を伸ばして立つ。

「ソ、ソラレ、と、申します……よ、よろしく……」

ソラレは消え入りそうな声で自己紹介をした。

気が弱い三人が似たような雰囲気で挨拶を交わし、顔を見合わせる。シェンリーはともかく、ディーンとソラレは揃ってもじもじしている。

すると、腕を組んだフェルターがしかめっ面で口を開いた。

「……フェルターだ」

フェルターが名乗ると、皆が一瞬目を丸くして振り返った。全員に目を向けられているのに、フェルターは気にした様子を見せない。

それに、ソラレがふっと肩の力を抜いて笑った。

「……た、たぶん、皆知ってるよ」

ソラレがそう呟くと、シェンリーとディーンも息を漏らすように笑う。

「フェルター先輩は有名人ですからね」

「い、いや、そういう意味じゃないと思うけど……」

二人がそんなことを言って笑っていると、フェルターの眉間の皺が深くなった。

意外とバランスの良い組み合わせだったのかもしれない。ソラレを中心に生徒を集めたつもりだったが、四人の相性は中々良さそうだ。

私は仏頂面のまま黙っているフェルターに歩み寄り、そっと小声で尋ねる。

「どうやってソラレ君を？」

そう聞くと、フェルターは得意げに口の端を上げた。

「扉を開けなかったから、叩き壊した。そうしたら諦めて出てきた」

「なるほど」

フェルターの回答に、大きく頷く。

やはり、扉があるからいけないのだ。

引きこもる部屋が無ければ引きこもることはできない。

そんなことを思っていると、先ほどより少しだけ緊張が緩んだ様子のシェンリーが口を開いた。

「あの、今日はどんな講義なんですか？」

シェンリーが質問をして、皆の目が私へと向けられる。

「そうですね。それでは、今日は魔術を用いた遊びをしましょうか」

「遊び？」

答えると、皆揃って目を瞬かせた。そして、首を傾げる。

その様子に微笑みながら、手のひらを上に向けて魔力を込める。

ふわりと、手のひらの上に青い光を放つ球体が浮かび上がった。それを皆に見えるように掲げる。

「さて、これは何でしょうか」

誰にともなく尋ねると、ディーンが口を開いた。

「……あ、氷の結晶、かな」

その答えに軽く首を左右に振って違うと伝える。すると、次はソラレが答えた。

「前に見た、雷の魔術ですか？」

ソラレが答えると、皆がハッとした顔で振り向く。それに、私は笑顔で頷いた。

「正解です」

「おお」

正解であると伝えると、シェンリー達が感嘆の声を上げる。

それにソラレが照れて俯いていると、フェルターが眉根を寄せた。

「こんな小さな雷があるのか」

フェルターがそう告げると、皆の目が再びこちらに向く。その視線を受け止めつつ、発光体を操作してみせる。青い光の球が手の上でふわふわと動き、手元を離れてフェルターの下へ向かった。

皆が空中に浮かぶ光の球を不思議そうに眺めている。

「これは電離気体……プラズマ、と呼ばれるものです。このプラズマに触れずに大きくすることが出来たら、今回の講義は終了です」

そう告げると、皆が首を傾げた。

「ぷらずま？」

「大きくって、どうやってするんですか？　火なら更に熱を加えるとか……」

シェンリーとディーンがそう呟き悩む。

皆があれやこれやと考える中、ソラレが片手を挙げて口を開いた。

「雷はどういった原理なのでしょうか」

その質問に、私はふっと微笑みを浮かべる。

知らない物に触れるのだから、仕組みを理解しなくてはならない。当たり前のことと思うかもしれないが自然とそう考えられるのは素晴らしいことだ。何事にも仕組みがあり、それを理解してこそ正しく学ぶことができ、応用をすることが出来る。

「……雷は、静電気の一種です。上昇気流と下降気流……いえ、言い方を変えましょう。上空で冷やされた氷の粒や埃などが激しく擦れ合い、電気という力をため込んでいき、最後には雷となります。なので、雷雲などではなく、火山の噴火などでも同じように噴煙の中で物質が擦れ合って雷が発生します」

　そう告げると、ソラレは目を細めて顎を引いた。

「……なるほど。それなら、風の魔術を使えば……」

「そうですね。考え方としては正しいです。ただ、熱なども大きな影響を与えます。そういう意味では、炎も正解の一つと言えるでしょう」

　そう告げると、ソラレは考え込むようにして押し黙った。

　その間に、ヒントを貰ったディーンが動き出す。発光体の方に近づき、両手を伸ばして左右から挟み込むような恰好をとった。

　そして、目を細めて集中する。

「……風、火……速く、熱く……」

　ブツブツ呟きながら、ディーンは魔力を操作し始めた。

　すでに、プラズマという現象は発生している。そこに魔力を練り込んで操作、変化させていくと、自然とその事象に干渉をすることが出来た。

雷の魔術を一番理解し、扱うことが出来るディーンだからこその感覚だろう。

あっという間に、プラズマを成長させていくディーンに、皆が目を丸くした。

特に仕組みを理解していないフェルターはどうしてそんなことが出来るのかと表情に書いてある。

そして、ディーンが魔力操作を終えて息を吐いた時、ソラレが辛抱できずに声を掛けた。

「あ、その……どんな風にやったのかな？」

ソラレが尋ねるとディーンが慌てて手を振る。

「あ、えっと、そ、そうですね……小さな球がいっぱいあって、それがぶつかり合うように想像しながら魔力の流れを作るというか……」

「球……？　む、難しいね。でも、言いたいことは分かる、かな？　その、球が激しくぶつかり合えば、あの光は強くなるってことだよね」

「そ、そうです！　あ、ま、間違えているかもしれませんが、ぼ、僕はそんな感じで想像して魔力を……」

お互い戸惑いがちではあるが、確かに生徒同士で交流が出来ている。

ディーンが年下で引っ込み思案だからなのかもしれないが、それでもソラレからすれば数年ぶりの出来事に違いない。

ようやく、部屋を出て外で誰かと会話をすることが出来た。これは、間違いなく前へ進む大きな一歩だ。今後、少しずつ少しずつ課外授業の人数を増やしていけば、気が付けば私の講義に出ることも出来るようになるだろう。

確かな手ごたえを感じて、私は自然と微笑みを浮かべていたのだった。

◇

年季の入った木の板が敷かれた床の上に寝転がり、怠惰な恰好で書状を手にした高齢のエルフ。

エルフは長い銀髪を片手で掻き上げて、書状の文面を目で追っていく。

「……まだこんなこと言っているのか」

呆れたようにそう呟き、エルフは上半身を起こして溜め息を吐いた。

「目にするのも嫌だが、一度しっかり伝えてやらねばならんか」

気が重そうな態度と声で、エルフはそう呟く。

書状から視線を外したエルフは、遠くを見るように目を細めて鼻から息を吐く。

「……おそらく世界で最も長い歴史を持ち、どの国よりも伝統を重んじる、馬鹿馬鹿しいまでに頭の固い国。私が何度も魔法陣の可能性を説いたというのに、エルフ古来の魔術にばかりこだわるとは……む、思い出したら腹が立ってきたぞ」

諦観混じりに呟いていた声が、徐々に熱を帯びていく。

少々乱暴に書状を広げ、改めて文面に視線を向けた。

「他者の意見を聞かず、エルフ至上主義にこだわり続けた結果が、この王家の存続問題だというのに……あの馬鹿どもはちゃんと理解出来ているのだろうな？　いや、今更この私に声を掛けるくらいだ。進歩していないに違いない。王族の血さえ流れていれば誰でも良いとでも思っているのだろうか……」

怒ったようにそう言って、エルフは顔を上げる。

「……仕方ない。このオーウェン・ミラーズが、エルフの国の常識を変えてやるとしようか」

オーウェンはそう呟き、書状を握り締めた。直後、書状は小さな火を放って燃え尽きる。

それを面白くなさそうに眺めて、不意に真剣な表情で顔を上げた。

「……そういえば、アオイは上手くやっているだろうか」

オーウェンが小さく呟くが、それにこたえる者はいなかった。

番外編　一　文化祭後の打ち上げ

文化祭最終日の翌日。コートの発案でアオイの講義を受けている生徒達が学院の中庭に集まっていた。

一番人気のある、噴水のある広場だ。自然豊かで四季折々の花が咲く、美しい庭園である。

その庭園の中で周囲を垣根が覆い隠す隠れスポットがあった。

六角形の石のテーブルがあり、その周りに丸い石の椅子が六個並んでいる。周囲を囲む垣根は高さ百五十センチ程度しかない為、立ち上がればそこに誰かいるのが分かるだろうが、皆が椅子に座ればおのずと姿を隠せるような場所だ。

そこへ木製の椅子を追加で持ってきて、コートが皆を集めたのだった。

「皆さん、改めて文化祭お疲れさまでした」

コートが真っ白な陶器で揃えたティーセットのカップとソーサーを両手に持ち、軽く顔の前に掲げてそう口にした。

それに、同じセットを手にしたアイルやベル、リズの三人が笑顔で応じる。

「お疲れさまでしたーっ！」

元気いっぱいの三人に釣られて、シェンリーやディーンもおずおずと配られたカップとソーサーを掲げてみせた。

「お、お疲れ様でした」

「こ、このカップ、高そう……落としたらどうしよう……」

二人がそれぞれ呟く。その六人の様子を冷めた目で見て、ロックスが口を開いた。

「……なぜ、お前が仕切る？」

コートをじろりと見据えてロックスが呟くと、椅子に座って腕を組んでいたフェルターが僅かに顔を上げた。

「……どうでも良いが、俺にはカップが小さすぎる。別の器をくれ」

ロックスの抗議をスルーしてフェルターがコメントすると、皆の目がフェルターに向いた。

コートは苦笑しながらテーブルの上にあるティーセットに視線を向ける。

「そうですね。これはいかがですか？」

そう言ってコーヒー用のマグカップを手に取る。

大きめのマグカップだが、大柄のフェルターにはそれでも小さそうだった。

「……いや、これで良い」

コートが少し考えるような素振りを見せながらマグカップを差し出すと、フェルターは浅く頷いて受け取った。

その様子がかなり意外だったのか、ロックスがなんとも複雑な顔で口を開く。

「……なんでお前が乗り気なんだ。文化祭の打ち上げだぞ？　一緒に発表していないだろうが」

ロックスが疑問を呈すると、フェルターは鼻を鳴らして一瞥する。

「俺はアオイと一緒に発表した」

不満そうにフェルターがそう告げると、ロックスはウッと呻いて仰け反った。

物凄く嫌そうな顔をフェルターに向けて、口を開く。

「何を勝ち誇ってやがる……俺だって、夜の街でアオイと共同捜査を……」

「……何か言ったか？」

「うるさい！」

なんの対抗心か、フェルターに言い返そうとして途中で口籠るロックス。

フェルターは無表情に聞き返すが、ロックスは拗ねたように怒鳴った。

ウィンターバレーの裏側をアオイが実質的に支配しているという事実は、アオイとロックスの秘密である。

ロックスはアオイとの共同作業を嬉しく思っており、それを他の生徒が知らないということに幸せを感じていた。一般的な恋愛とは少しズレた道を歩んでいるのだが、ロックス自身はそんなことに気が付きもしないでいる。

そんなロックスの表情の変化を微妙な顔で眺めてから、コートが肩を竦めた。

「とりあえず、今日は私が声を掛けて皆に来てもらいましたので、僭越ながら仕切らせていただいてます。ロックスさんが仕切りたいなら、どうぞ仕切ってもらって構いません」

コートがそう告げると、冷めた目をアイル達がロックスに向けた。シェンリーとディーンは困ったように皆の顔を順番に見ている。

ロックスはその空気に何か感じたのか、渋々といった様子で鼻を鳴らした。

「……もういい。好きにしろ」

ロックスがそう告げると、コートはにっこりと微笑む。

「そうですか。それでは、改めて文化祭の打ち上げといきましょう。皆さん、カップは持ってますか？　それじゃあ、乾杯！」

「かんぱーい！」

コートが合図をすると、アイル達が元気よく返事をしてカップを口に運んだ。

この日の為にコートが準備した最高級の紅茶だ。

その豊かな香りとすっきりとした味わいに、アイル達は目を細めて感嘆の声を上げている。初めて飲んだシェンリーも感動して「わぁ……」と声を上げていた。ちなみに男達は揃って真剣な顔でカップを傾けている。

その光景を満足そうに眺めてから、コートはシェンリーを見た。

「それにしても、今回の文化祭は大成功でしたね。ちなみに、初めて発表をしたシェンリーさんはどうだった？」

コートが話を振ると、シェンリーとディーンが肩を跳ねさせた。

「わ、私ですか？」

大いに焦るシェンリーに、コートは苦笑しながら頷く。

「感想とかないかい？」

そう聞かれて、シェンリーは真剣な顔で顎を引く。

「そ、そうですね……初めてで不安だったのですが、あんなに大勢の人が喜んでくれて、とても嬉しかったです。少し、自信がついた気がして嬉しいです」

謙虚な回答をするシェンリー。それに、ロックスが呆れたような顔をした。

「……大勢の人が喜んだ程度の話じゃない。今後、あの発表をしたことでフィディック学院へ注目する人間はどんどん増えていくだろう。それはアオイという上級教員一人に対してじゃなく、俺達生徒も同様だ」

「え？」

ロックスの言葉に、シェンリーが生返事をしながら首を傾げる。

言葉の真意を把握しかねているシェンリーに、ロックスが溜め息混じりに話を続けた。

「俺達が覚えて発表したのはただのオリジナル魔術じゃない。あの、雷の魔術だ。俺が知る限り使える魔術師はアオイだけだろう。そのオリジナル魔術を、生徒である俺達が各国の要人も集まる文化祭という場で発表した。目立たないわけがないだろう」

ロックスがそう告げると、シェンリーが助けを求めるようにコートを見る。

コートはその視線を受けて咳払いを一つした。

「……まぁ、脅すわけではないけど、他の国から引き抜きの話なんてのはあると思うよ。後は、やっぱり貴族からの求婚だろうね」

「きゅ、求婚、ですか!?」

コートの言葉を聞いて、一瞬で顔を赤くするシェンリー。その顔を見てアイル達が姦《かしま》しく騒ぎだす。フェルターとロックスはその甲高い声に顔を顰めた。

一方、シェンリーは顔を赤くしたまま自らを指差す。

「で、でも、私はあまり力のない子爵家の長女で……」

シェンリーが慌てた様子でそう口にすると、コートは苦笑して首を左右に振った。

「優秀な魔術師を家に迎えようって話だと思うから、シェンリーさんの家は関係ないと思うよ。ああ、むしろ、爵位が低い方が話をまとめやすいと思って求婚が殺到するかもしれないね」

「え、ええ!?」

驚愕の声を上げるシェンリー。まだプロポーズをされたわけでもないのに焦っている。

それを見て、今度はアイルが口を尖らせて不満そうに呟いた。

「えーっ!?　じゃあ、私達はーっ!?」

と、上級貴族と同等の家柄である代表議員、バトラー家のアイルが文句を言う。

それには下級貴族であるシェンリーとディーンだけでなく、リズやベルも苦笑しかない。

とはいえ、自由奔放なアイルの素直な感想の為、誰も悪く受けとる者はいなかった。

兄であるコートも苦笑しつつ、アイルに対して答える。

「コート・ハイランドの場合は別だと思うよ。厳密に言うと貴族というわけでもないし、他国の貴族との婚姻がしやすい国でもあるし」

「あ、そうなんだ。良かったー」

「良かった、で良いの?」

コートの言葉にアイルがホッとしたような態度を見せ、ベルとリズが目を瞬かせた。

それに鼻を鳴らしてロックスが口の端を上げる。

「一番求婚されないのは俺だろうな。王位継承権持ちの王族だからな」

何故か勝ち誇ったような態度でロックスが呟くと、ディーンが少し照れた様子で俯いた。

「ぼ、僕にもくるのかな、そんな話……」

ディーンは小さく独り言を呟いたのだが、耳聡いアイルが素早く反応する。

「え!? ディーン君も結婚願望あるの!?」

大きな声でそう言われて、ディーンが飛び跳ねるように驚いた。

「ええ!? い、いや、そんな結婚したいってわけじゃなくて……」

おどおどとした様子でディーンが言い訳をするが、既にアイル達の恰好のネタとなってしまった。

姦しく騒ぎだす三人を見て、ディーンが肩を落とす。

話が収拾付かなくなってきたあたりで、腕を組んで話を聞いていたフェルターがおもむろに口を開いた。

「……求婚の話はどうでも良い。今後のアオイの講義の方が問題だ」

ぽつりと呟かれたその言葉に、皆が一斉に振り向いた。

殆どの者がなんのことか分かっていない様子だったが、コートが眉根を寄せて頷いている。

「アオイ先生の講義？」

アイルが首を傾げながら聞き返すと、コートが答えた。

「……あの発表を見たからには、今後アオイ先生の講義を受けたいって生徒が溢れ返ると思う。それに、他国からフィディック学院に編入してくる生徒も多くなるだろうね」

コートの回答を聞き、アイルが「げ！」と少々品の無い声を発する。

「アオイ先生の講義が受けられなくなるかもしれないってこと!?」

「それは嫌です！」

いつにないテンションでシェンリーも大声を出した。

「でも、他の上級教員の講義は早い者勝ちとか順番待ちとかあるからね。アオイ先生の講義も段々とそうなっていくんじゃないかな？」

困ったようにコートがそう答えたが、シェンリーやアイル達は納得しない。

「最初からアオイ先生の講義を受けてる私達が優先で受けられても良いと思う！」

アイルが堂々と不公平な主張を述べ、リズとベルも同意するように深く頷く。

しかし、シェンリーはその主張に逆に冷静になり、悲しそうに眉をハの字にした。

「……でも、アオイ先生の講義を受けたいって人がいっぱいいて、一度も受けられない人とかいたら可哀想ですよね」

その呟きに、拳を握って主張していたアイルもウッと呻いてトーンダウンした。

「い、いや、でも……私達だってまだまだアオイ先生の講義受けたいし……」

先ほどの勢いを失いつつも、アイルはまだ引こうとしない。

そこへ、一番不機嫌そうなロックスが口を開いた。

「そんなもの関係ない。俺は必ず講義に出席する。強力な魔術を他の国の者ばかりに提供するわけにもいかないのだからな。そもそも国王からの依頼もあるはずだ」

自分に言い聞かせるようにそう言ったロックスに、フェルターが肩を竦める。

「……そんな依頼が本当にあったとしても、アオイは気にしないだろうな。他にも受けたいという生徒が増えれば、国王の依頼は無視して生徒を優先するだろう」

フェルターがそう言って笑うと、ロックスは何か言い返そうと口を開き、すぐに眉間に皺を寄せて肩を落とした。

「……確かにな。アオイはそうするだろう」

そう呟いて溜め息を吐くロックス。それが意外だったのか、言ったフェルターの方が目を丸くしている。

そんな中、ディーンが困ったように口を開く。

「……いや、大人数が受けられるような講義室があれば良いんじゃないですか？　他国からも編入する人が増えそうなら、それを理由にして大きな講義室とか作っても良いと思いますけど……」

ディーンがなんでもないことのようにそう呟くと、ロックスが思わず笑顔になって振り向いた。

「それだ！　やるじゃないか、ディーン！　よし、すぐに連絡して屋外に講堂を準備させよう！　学長に許可をもらってくるぞ」

いつにないテンションでロックスはそう言い残し、その場を後にする。

その後ろ姿を唖然とした様子で見送り、ディーンが口を開いた。

「……ロックス先輩って、あんな性格でした？」

信じられないものを見たような顔でディーンが呟くが、誰も答えることはなかった。

一瞬沈黙が続き、コートが咳払いを一つして口を開く。

「は、はは……それで、最初に話を戻そうかな。皆は、文化祭どうだったかな？」

コートがシェンリー達を見て尋ねると、皆は顔を見合わせてから花が咲くような笑顔で頷いた。

「楽しかった、です」

「さいこーっ！」

「面白かったです！」

「気分が良かったーっ！」

「……母上が喜んでくれて、ホッとしました」

各々が嬉しそうにそんな感想を述べていく。それにコートが微笑みを浮かべて頷く。

と、自然と視線がフェルターに向いた。フェルターは無言で皆の様子を眺めていたが、コートと視線が合うと、小さく口を開いた。

「……あのジジイを真正面からぶっ倒せたから、良い文化祭だった」

ポツリとフェルターが呟き、皆が固まる。

「……フェルター先輩のお父さん？」

「あ、ラムゼイ侯爵と殴り合ったんだって？」

「……そもそも、文化祭の発表で親子同士殴り合うって、そんなのあり？」

ヒソヒソと女子生徒達がそんなやり取りをしていたが、フェルターは満足そうに口の端を上げて目を細めていたのだった。

番外編　悩むストラス

アオイが所用でおらず、文化祭の翌日の夕食はエライザとストラスの二人だった。文化祭後は忙しくなってしまったらしく、アオイが中々捕まらない。

「アオイさん、また他の国に呼ばれたりするんでしょうか。あまり話す時間もないですから寂しいですね」

エライザがそう言いながら揚げた鶏肉をフォークで口に運ぶと、ストラスが仏頂面で顎を引いた。

食事前からそうだが、ストラスはどこか元気がないような素振りだった。それにエライザが気付き、首を傾げる。

「なにかありました？」

なんとなくといった様子で聞くと、ストラスは腕を組み、唸った。

「……アオイが色々と手伝ってくれたおかげで、あれだけ短かった準備時間の中、今まで以上の文化祭が出来た。それは素晴らしいことだと思う」

と、ストラスが学長のような立場で話し出した。

それにキョトンとしながらエライザが頷く。

「良いことですね。私も、ついにグランサンズ王国に魔術を意識させることが出来たと思って、自分自身を褒めてあげたいと思っています。私、最高。私、エライ」

多少お酒が回っているのか、エライザは高いテンションで返事をする。それにストラスはジト目を向けた後、首を軽く左右に振った。

「何も思わなかったのか、エライザ」

「何がですか？」

よく焼けたチーズが乗ったパンを食べながら、ストラスに聞き返す。

そのエライザの態度にストラスは軽く溜め息を吐いた。

「……お前も見ただろう。あの生徒達の発表を。正直に言って、他の教員達よりも優れていたと思っている。魔術としての練度はともかく、内容はアオイ以外に使うことができないオリジナル魔術の行使だ」

ストラスが深刻そうな表情で口にすると、エライザはニコニコしながら頷いた。

「凄かったですよねー」

お気楽な調子で答えるエライザに、ストラスは深く溜め息を吐く。

「危機感というか、焦りというか……そういった切迫したものを感じないか？　アオイが教えた生徒は恐ろしい速さで魔術を学び、単純な技術だけでなく新しい魔術をも習得していっている。俺達教員もこのままではいけないと、俺は感じている」

ストラスがそう口にすると、エライザはお肉を口に頬張りながら小さく何度も頷く。

「ふむ、ふむむ、ふんむむ」

「口の中のものを飲み込んでから喋れ」

口に食べ物が入ったままモゴモゴと喋るエライザに、ストラスは呆れたような顔でそう注意した。

それに大きく頷き、暫く咀嚼して飲み込んだ後、口を開く。

「……そうなんですよ！　皆、他の基本的な魔術を覚えたらすぐにでも教員になれそうです！　私達も負けてられませんね！」

と、深刻な様子のストラスとは対照的に明るい調子でエライザが答えた。それに毒気を抜かれたような顔をして、ストラスは肩の力を抜く。

「……そうだな。負けていられない。普段のアオイの講義以外でも魔術を習う機会が得られないか、聞いてみるとしよう」

「はい！　それは良いですね！　出来たら、教員用に生徒に教えない派手な魔術を……」

エライザと話して気持ちが晴れたのか、ストラスとエライザはそんな会話をして談笑したのだった。

◇

「……そういえば、文化祭の前に一度発表を見せてはいたが、文化祭当日の発表を見に来なかったな」

「え？　アオイさんは皆の発表を見て回ってましたよ？」

「いや、いなかった気がする……忘れられていたのか……？」

途中まで明るい気持ちになっていたストラスだったが、不意に文化祭での出来事を思い出し、また深刻そうな顔に戻ってしまう。

それを見て、すっかり酔っぱらったエライザがけらけらと楽しそうに笑うのだった。

番外編

一　各国の悩み

『一緒に鉄を打とう』という言葉は、ドワーフの世界では古風なプロポーズの言葉として知られていた。

それを公衆の面前で行ったドワーフの国の王であるグランツは、誰にも知られないように部下達に箝口令《かんこうれい》を敷いていた。また、本人も出来るだけ忘れるようにしつつ、他の国の重鎮達と会話をしている。

それを知ってか知らずか、文化祭が終わってすぐのタイミングでの夕食会ながら、どの国の重鎮達も当たり障りのない会話を行っていた。殆どが現在の各国の情勢や新たな取り組み、魔術に関する部分などについてである。

「ほう。やはり、コート・ハイランド連邦国は商売上手だな。よくもまぁ、新しい物をそう生み出せるものだ」

「いえいえ、今は偶然にも有力な商会が競い合って商品開発をしているという状況なだけですよ」

「ふむ。カーヴァン王国はどうも新しい物を作るというものが苦手らしいからな。コート・ハイランドが羨ましい限りだ」

「ははは。カーヴァン王国は歴史ある大国の一つですからね。新しい物を作らなくても何でも揃っていて困らないんですよ。それにカーヴァン王国伝統の織物はどの国も真似できない名産じゃないですか」

少しずつ探りを交えた各国の代表同士の会話だが、比較的穏やかな雰囲気で会話がされていた。

そんな中、最後の晩餐会での会場で、ミドルトンが不敵な笑みを浮かべて口を開く。

「そういえば、グランツ王よ。アオイが伝えてくれと言っていたのだが」

「む？　なんの話か？」

食事もまだそこそこといったタイミングで、ミドルトンがそう切り出した。

グランツは肉とパンを順番に食べようと口に運ぶ最中だったので、そのまま返事をして噛《かぶ》り付いている。

そこへ、ミドルトンが面白そうな表情で答えた。

「アオイに一緒に鉄を打とうと伝えたようだが、鍛冶をしたことがないと答えてそれっきりだったようだな。それで、アオイが鍛冶をするのに丁度良い火の魔術があることを思い出したと言っていた」

「ぶふ」

ミドルトンの言葉を聞き、噛り付いていた肉を噴き出すグランツ。

「うおっ!?」

「おい、グランツ王！」

距離はそれなりに離れているが、正面に座っていたディアジオとロレットがギョッとした顔で驚き、怒鳴る。それに片手を挙げて応えつつ、グランツがミドルトンを睨んだ。

「……そ、その話はちょっと……」

グランツが気まずそうに呟くと、ミドルトンは笑いながら頷く。

「おお、ここでする話ではなかったか。では、後で話すとしようか」

肩を揺すりつつ、ミドルトンが返事をする。そこにアイザックとロレットが口を挟んだ。

「……ドワーフ族の一緒に鉄を打とうって……」

「……まさか、グランツ王。抜け駆けしてアオイ殿を取り込もうとしたのか？」

二人が目を細めてグランツを見ると、すっと視線を外して返事をしなかった。

動かず返事もしないグランツを一瞥してから、ディアジオがミドルトンを見る。

「……我が国は実際にアオイ殿によって魔術の基礎から考え直すことになったところだが、得る物は大きかったと思う。一国の独占は看過できぬな」

皆の言葉を受けミドルトンは表情を引き締めて頷いた。

「勿論だ。いくらフィディック学院の教員として迎えているとはいえ、本人の要望を無視するつもりは無い。とはいえ、他国からの介入があった場合はその限りではない」

真剣な目でそう告げるミドルトンに、誰もが無言だった。

返事はしていないが、有無を言わさぬ迫力があったのは確かだ。誰もが、不用意な発言を控えた結果だろう。

皆を睥睨《へいげい》してから、ミドルトンは口を開く。

「さて、場が白けてしまったかな？　今後はそうならぬよう、皆にも節度を守った行動を心がけてもらいたいと思っている。もちろん、それは私もだが」

そう言ってミドルトンが声を上げて笑うと、皆も曖昧ながら愛想笑いを返したのだった。

番外編　一　いつかのある日

【ＳＩＤＥ：ソラレ】

「お、遅くなっちゃった……っ」

慌てながらも早足で街中を歩いていく。

本当は走りたいくらいだが、まだどうしても人の視線が気になった。とはいえ、今はもう街中を歩くことも自然になったし、昔ほど恐怖心は抱かなくなった。

何度も来た道をなぞるように進み、角を曲がって大きく育った街路樹を見上げる。

その奥はもう目的地だ。

ぱっと入口を見ると、そこにはもう二人の人影があった。小柄な二人を見て、手を振りながら歩いていく。

「ごめん！　遅くなった！」

大きな声でそう言って二人の方へ歩み寄る。すると、二人は振り返って笑った。

「ソラレ先輩」

「こんにちは」

そう言ってシェンリーとディーンに微笑みを返し、周りを見回す。

「あ、まだフェルターは来てなかったんだね」

良かった。僕以外にも遅刻者がいたらしい。胸の内でそんなことを思って安心していると、シェンリーが苦笑して首を左右に振った。

「いえ、フェルター先輩は先に中で待ってます」

「一番に来てましたよ」

シェンリーが答えると、ディーンも補足するようにそう言った。

どうやら、遅刻したのは僕だけらしい。素直に頭を下げて謝罪しておく。

「いや、本当にごめんね」

そう告げると、二人は笑いながら首を左右に振った。

「大丈夫ですよ」

「中に入りましょう」

言いながら、二人は先導するように店の中へと入っていく。僕は苦笑しつつ後についていった。

この店ももう何回来ただろうか。大小様々な木々を植えた、落ち着く雰囲気の喫茶店。ゆったりと優しい雰囲気が漂う店内なのに、カウンターの奥にはかなり厳めしい獣人のマスターが立ってこちらを見ている。

「こんにちは」

「上に行きますね」

馴れた様子で挨拶をしながらマスターの前を通り過ぎる。その二人の後ろで会釈をしながらマスターを見上げると、腕を組んだマスターが静かに頷いているのが見えた。

見た目に似合わず、優しい人なのだ。それは知っているのだが、見た目が強そうなので怒ったら怖いだろうな、などと思ってしまう。

そんなことを考えながら階段を登り、奥の部屋に向かう。二階のテラス席だ。気が付けば、ここがいつもの席になっていた。

空が見える開放感のある席だ。そんなテラス席に、仏頂面で腕を組むフェルターの姿があった。

「……遅かったな」

「待たせてごめんね」

ちょっと不機嫌そうな雰囲気のフェルターに謝りつつ、椅子に座る。

一番奥がフェルターで、その右隣が僕の定位置だ。不思議と、馴れた場所に座るのが落ち着くようになった。

「何を食べますか？」

「飲み物は一緒かな」

「……肉を食う」

「フェルター先輩の食べる物は分かってますよ」

三人のそんな会話を聞きながら、自然と頬が緩むのを感じた。

いつもの場所で、いつもの会話。それだけのことなのに、どうしてこんなに居心地が良いのだろう。

自室に引きこもっていたあの時には、思いもしなかったことだ。

「ソラレ先輩は？」

「飲み物は紅茶で良いですか？」

ディーンとシェンリーに聞かれて、微笑みを浮かべたまま頷く。

「ありがとう。任せるよ」

そう答えると、二人は「はい」と答えてメニューから食べ物を選び始める。そんな光景を微笑ましい気持ちで眺めていると、フェルターが眉間に皺を寄せてこちらに顔を向けた。

「……どうした？」

尋ねられて、息を漏らすように笑う。

「楽しいなって……皆には感謝しかないよ」

抽象的な回答をしたのだが、フェルターはしっかりと意味を汲み取ってくれたらしい。

深く頷き遠くを見るような目をした。

「……アオイに感謝をしろ」

そう言われて、少し表情を引き締める。椅子の背もたれに体重を預けて、深く息を吐いた。

「……もちろんだよ。本当は、僕だって何となくこのままじゃいけないと思っていたんだ。でも、どうしても外に出る勇気が無かった。学院生活なんて絶対に無理だったよ。このまま、どうやって生きていこうとか、どうにかして学院から出て、街からも出て外の世界に行くべきかとか……色んなことを考えながら過ごしていたんだ。でも、アオイ先生がそんな僕の日常を壊してくれた」

答えながら、過去を振りかえる。まるで、昨日のことのように思い出せた。

がちゃんと音を立てて外から鍵を開けられて、強引に部屋を開けさせたアオイ先生。

エルフの国まで行って、虐めっ子に説教をしたアオイ先生。

納得できないからと、各国の重鎮に物申してみせたアオイ先生。

そんな様々なことを思い出して、吹き出すように笑う。

「……よく、アオイ先生はまだ先生をやれているよね」

「今更だ」

「そうだね。でも、思い出せば思い出すほど強引だよ」

そんな会話をして顔を上げると、不意にフェルターが優しい表情で笑っている顔が目に入った。

それに驚き、口を噤んでしまう。

「……なんだ」

「あ、何でもないよ。うん、なんでもない」

また不機嫌そうな表情に戻ってしまったフェルターに返事をして、空を見上げる。

今日も良い天気だ。こんな日々がずっと続いてくれたら良いな。

僕はそんなことを考えて、幸せな溜め息を吐いたのだった。

あとがき

この度は本作を手に取っていただき、誠にありがとうございます。井上みつるです。ついに四巻の発売となりました！　これも既刊を購入してくださった皆様のお陰です。もう感謝の言葉しか出てきませんが、本当にありがとうございます！

また、今回も鈴ノ先生の美しいイラストが目白押しです！　ちなみにそのイラストを一番楽しみにしているのは筆者だと自負しております。可愛くて、恰好良くて、美しい！　素晴らしいイラストの数々を今回も是非確認してみてください！

さて、それでは本作のお話へと入ります！　今回は前の巻に引き続き前半に文化祭をもってきております。前回は教員の発表とフェルターの親子喧嘩がメインでしたが、今回はついにアオイの講義を受けている生徒達やアオイ自身の発表が行われます！　虐められていたシェンリーも人前で頑張って発表を行いますので、応援してあげてくださいね。

さらに、後半はこれまで出てこなかったグレン学長の孫、ソラレ君の登場となります。人間とエルフの血を引いた故に起こった苦難。そして、純粋で繊細な十代ゆえに深く傷つき、悩むソラレの問題をアオイがどう解決するのか。

アオイの場合、強引な手段しか使いそうにありませんが、気のせいでしょう。

それでは、最後にお世話になった皆様に感謝を。本当に魅力的で迫力のあるイラストを描いてくださる鈴ノ様にはファンの一人として感謝の念に堪えません。本当にありがとうございます。魔術を使うアオイ先生の姿が迫力満点で大好きです。また、いつも原稿や今後の展開について相談に乗ってくださっている担当のS様。勢いだけで書いている私の小説が無事に本として出版されるのはS様のお陰です。今後も何卒よろしくお願いいたします。

そして、前巻に引き続きこの作品を手に取ってくださった皆様。皆さまのお陰で、私は楽しくお話を書くことが出来ています。本当にありがとうございます。また次巻が出た際には、是非ともお手にとってみてください。筆者が九州の海を前に感謝の言葉を叫びます。

4巻 発売 おめでとうございます！
今回も楽しく描かせて頂きました
皆様ありがとうございます！
Suzuna

メイドなら当然です。
濡れ衣を着せられた
万能メイドさんは
旅に出ることに
しました
三上康明
Illustration
キンタ
万能メイドさんの
異世界紀行

EARTH STAR
LUNA

異世界転移して教師になったが、魔女と恐れられている件 ④
～必ずや引きこもりから復帰させてみせましょう～

発行 ———— 2023年3月1日　初版第1刷発行

著者 ———— 井上みつる

イラストレーター ———— 鈴ノ

装丁デザイン ———— 石田 隆（ムシカゴグラフィクス）

地図イラスト ———— 高田幸男

発行者 ———— 幕内和博

編集 ———— 佐藤大祐　児玉みなみ

発行所 ———— 株式会社アース・スター エンターテイメント
〒141-0021　東京都品川区上大崎3-1-1
目黒セントラルスクエア　7F
TEL：03-5561-7630
FAX：03-5561-7632
https://www.es-luna.jp

印刷・製本 ———— 図書印刷株式会社

ISBN 978-4-8030-1761-8